그 집 사람들

본 QR코드에 접속하시면 한국 ISBN 센터에 최종 등재된 이 도서의 정보를 확인할 수 있습니다.

그 집
사람들

맹기영 소설

프롤로그

작가가 되려는 한 문학소녀의 눈에 비친, 파노라마처럼 펼쳐지는 사람들의 이야기를 밝고 맑게 때로는 의미 있고 가슴 뭉클하게 그리는 그 집 사람들.

사상의학적으로 소양인이며, 자부심 많은 해병대원에 영업 담당인 아빠. 이야기 능력은 뛰어나나 글 쓰는 능력은 없다는 그러나 주변 사람들에게 크든 작든 도움 주며 사는 일에 보람과 의미를 느끼며, 그로 인해 고통과 손실도 틈틈이 보는 이야깃거리가 아주 풍부한 전폭적인 지원을 해주는 아빠입니다.

그의 아내이자 4남매의 엄마로 한 울타리 지키며, 자기 일도 열심히 하며 동네일에 누구보다도 바쁜 자칭 타칭 면허 없는 변호사인, 머리도 좋고 상상력도 풍부하나 주변 상황이 어쩔 수 없이 근심 · 걱정으로 변하게 하는 엄마.
탐탁지 않아 하다 후에 어찌어찌 많은 도움 줍니다.

위로 언니 둘에 밑으로 남동생까지 두게 된, 뒤늦게 얼치기로 태어났다는 문학소녀 여고생인 장차 소설가가 되려고 노력하는 나.

아주 좋아하는 국어 선생님이자 작가인 그분의 지도를 받으며 아빠, 엄마, 언니, 할머니, 외삼촌, 이모, 삼촌 등과 이웃들의 살아가는 이야기를 여러 사회현상과 더불어 그리고 있습니다.

우리 집은 여섯 식구인데요. 아빠와 엄마, 언니 둘, 나 그리고 우리 집 외아들이자 막내인 고집불통 남동생까지. 허나 요즈음은 큰언니가 시집을 간 탓에 그냥 다섯 식구라 하고 있어요.

별다른 이유가 있는 것은 아니고 우리 집 사정을 잘 모르는 사람에게나 가정 조사서에 그리하고 있는데, 큰언니와 나와 동생이 나이 차가 꽤 나는 탓에 굳이 밝힐 이유가 없어서예요. 어차피 출가외인이니까. 그러나 큰언니가 알면 어쨌거나 섭섭할 거예요.

엄마는 딸 둘을 낳고는 자식은 이제 끝이다. 자식들 많이 낳는 시대도 아니고 자식들에게 돈도 정성도 꽤 투자되는 세상이다 보니 딸만 둘이지만 잘 키우자고 아빠하고 약속하고는 끝 했대요.

그렇게 언니 둘을 어느 정도 키워 놓고는 일을 하고 있었는데 여고 때부터 친구인 소영이 아줌마가 언제부턴가 바람을 잡았대요.

"혜자야, 아들이 있어야 해. 남자들은 나이가 들수록 아들을 그리워한대. 명희 아빠가 아직은 젊어서 그렇지 더 나이 들어봐라."

그렇지 않아도 이따금 술 취해 오는 날이면 아들 하나 낳자고 농담인지 진담인지 재촉하는 아빠였대요. 엄마는 그때마다 "이이는 주책이야. 나 내일모레면 마흔인데 뒷감당을 어떻게 하려고 그래." 하며 면박으로 흘려버리곤 했다는데 내가 나중에 큰언니한테서 이런 저런 아양 속에 듣게 된 이야기에요.

그러다 어느 날 소영이 아줌마한테서 꽤 충격적인 이야기를 듣게 되었고 곰곰 생각하게 되었는데요. 엄마도 아들 하나 키워 보고도 싶고 주위 아들들이 엄청 귀엽고 샘나기도 했던 그즈음이었대요.

한동안 꽤 망설이던 엄마는 드디어 아들 하나 낳자고 큰 결심을 하고 아이를 가졌는데 그게 바로 나였어요. 소영이 아줌마는 요즘도 뻔질나게 전화하고 집으로 놀러도 오곤 하는데 나를 볼 때마다

"얼치기구나. 꽤 많이 컸네. 너는 순전히 내 덕분에 이 세상에 나왔어. 아들이 아닌 탓에 얼치기지만 말이야. 호호호."

나도 그 아줌마를 얼치기 아줌마라고 부르는데 여자가 얼마나 수다스럽고 수선스러운지요. 내가 소영이 아줌마를 언짢게 보기 때문에 그런 게 아니라 정말 그래요. 하나님 걸고 맹세하기까지는 좀 그렇지만요.

"내가 네 남편 왼쪽으로 쓰러뜨리라고 했는데 오른쪽으로 쓰러뜨렸지. 그러니 딸 낳았지 이 바보야. 잘하라니까. 호호호."

엄마와 아줌마의 이야기를 우연히 듣게 된 거였는데 들으려고 해서 들은 게 아니라 워낙 얼치기 아줌마의 목소리가 큰 탓에 그냥 들린 거예요. 우리 엄마 목소리도 별 차이는 없지만 말이에요. 그러니

까 친한 거겠죠.

"그래 막둥이 가릴 때는 왼쪽으로 쓰러뜨렸니?"

"아니다. 정신없어서 왼쪽, 오른쪽 양쪽으로 그냥 다 쓰러뜨렸다. 호호호."

뭘 쓰러뜨리고 어쩌고 하는지 그 당시에는 잘 몰랐는데 이제는 어렴풋이 이해가 가고 있어요.

큰 결심 끝에 낳은 자식이 또 딸이다 보니 엄마는 앞이 캄캄했대요. 사람 좋은 아빠는 여전히 "또 하나 낳으면 되지 뭘 그래?" 하며 늘 그렇듯이 싱글벙글 이셨고 엄마는 어떻게 하나? 또 낳나, 이 나이에? 하면서 걱정이 줄을 섰다는데 다시 낳자니 그렇고. 여기까지 와서 포기하자니 그렇고.

그러다 어느 날 이상한 꿈을 꾸고 나서는 다른 사람들도 다 낳는 아들인데 나라고 못 낳을까? 서른일곱에 또 낳았는데 마흔에 또 못 낳겠어? 하면서 재차 결심했대요.

그리고는 공부를 정말 열심히 했대요. 자기 같은 체질은 공부 안 하고 낳으면 또 딸이라고 하면서…

큰언니 말에 의하면 XY가 어떻고 XX가 어떻고 남자에게 좋은 음식은 뭐고 여자에게 필요한 음식은 어떻고 하면서 대단했대요.

아빠는 엄청나게 투덜거렸는데 "힘들어, 고생이야."

꽤나 술 좋아하는 아빠잖아요.

그리고 중요한 사실 하나가 있는데요. 우리 집 근처에 김 약국이라고 있는데 그 집도 3녀 1남이고 그 집 둘째 언니가 큰언니와 친구인데요. 내 동생 낳는 데 큰 역할을 한 곳으로 그 약국집 아줌마가 엄마의 선생님 그러니까 아들 낳는 법을 전수해준 사부였어요.

큰 은혜를 입은 곳이죠.

그때부터 우리 집은 엄마 약으로 시작해 재석이, 내 동생 이름이에요. 영양제에 이따금 깍두기로 내 영양제까지 그 약국 단골이 되었고 지금도 그러고 있어요.

엄마가 그러는데 그 아줌마 면허 없는 약사래요. 서당 개 3년이면 풍월을 읊는다고 30년이나 되었대요. 약사 아저씨 보조하는데 아들 낳게 하는 데는 박사급으로 누구도 못 따라올 거래요.

약사 아저씨가 3대 독자라 아들이 있어야 했는데 딸만 셋이다 보니 이것저것 엄청 열심이었대요. 박사 다 되었겠지요. 이심전심에 우리 엄마도 열심히 코치했을 거고.

엄마는 드디어 그리도 고대하고 기대하던 아들을 보게 되었는데 말썽쟁이 늦둥이 내 동생 재석이에요. 그런데요. 엄마가 좋다는 약이며 음식을 너무 먹은 탓인지 체격은 꽤 좋았는데 모든 것이 다 엄청 느렸어요.

다른 애들은 첫돌 무렵부터 걷기 시작한다는데 나도 그랬고 언니들도 그랬다는데 재석이는 두 돌 무렵에서야 겨우 걷기 시작했어요. 그것도 몇 발자국 걷다 기다 하는 정도로…

엄마 아빠의 마음고생 이루 말할 수 없었는데 늦게 얻은 막둥이 외아들이잖아요. 그러나 점차 좋아져 한시름 놓았다는데요.

걷는 게 되니까 이번에는 말이 문제였어요. 말을 하기는 하는데 혀가 짧은 건지 입 구조가 이상한 건지 발음이 영 시원치가 않았어요. 엄마는 물론 그 누구도 알아듣지 못할 정도였고 겨우 나만 알아들을 수 있었는데 또래라서 그랬나 봐요.

또 병원에 다녔어요.

"늦둥이인 탓에 그런 것 같은데 잘 지켜보세요. 별문제는 없는 것 같은데 이상한 점이 있으면 즉시 병원으로 오시고요."

다행히 발음도 점차로 좋아져 갔어요. 그러나 울고불고 땡깡 놓을 때는 그 누구도 알아듣지 못하였어요. 나만 빼고는 발만 동동 굴렀어요.

내 동생 땡깡은 당연히 금메달감이에요. 누구도 따라올 수 없어요. 늦둥이에 외아들인 탓에 엄마 아빠는 물론 외할머니, 외삼촌, 이모까지 모두 편들어주고 귀여워해 주다 보니 더 그런 것 같아요.

언니들은 늘 밥이었어요. 그러나 나한테 만큼은 함부로 못 했는데 내가 때려서 무서워 보여 그런 건 아니고요. 덩치가 나한테 맞을 동생도 아니었고 엄마가 허용치도 않았어요.

어려서부터 내가 그의 통역관이었고 모든 호기심의 대상이 되는 물건들을 내가 만들 수 있고 갖고 있었기 때문인데요. 나의 호기심의 대상은 언제나 언니들이었는데 그는 언니들 물건에는 전혀 관심도 없고 오로지 내 것에만 호기심 대상의 관심거리였어요.

그러다 보니 언니들은 나이도 있는 탓에 더욱 재석의 밥이 되었고 나는 공주가 되었지요.

재석이는요 지금도 그렇지만 어려서도 TV는 스포츠만 보았는데 사내 탓인지는 몰라도 스포츠를 엄청나게 좋아했어요. 하는 것 보는 것 다 좋아했는데 약간은 광적일 정도로.

그러다 보니 식구들이 TV의 다른 프로 보는 것을 용납지 못했어요. 성질 탓에 더 그랬겠지만 저는 재미가 하나도 없는데 엄마, 누나들이 TV에 빠져서 재미있어하면 가만있지를 못했어요.

그놈의 성질머리가 도져 수시로 TV를 끄면서 도망 다녔어요.

참 신경질이 나는데 여러 번 말리다 더는 참지 못해 한 대라도 쥐어박는 날에는 그날은 TV 시청이 끝이었어요. 울고불고해서 시끄럽기도 했지만, 엄마아빠의 시청 금지 때문에.

5살 무렵에는 이런 난리도 있었어요. 그날 아빠는 안방에서 낮잠을 주무시고 작은언니는 공부하고 나왔고 엄마는 재석이를 달래가며 TV를 보고 있었는데 동생이 몇 번을 끄고 도망 다니고 하더니 한동안 잠잠한 거예요.

엄마와 나는 그냥 TV에 빠져 있었고 그러다 엄마가 깜짝 놀라 "재석아, 재석이 어디 있니?" 하며 찾았는데 대답이 없어요.

"아빠하고 자는가 봐."

그런 줄 알았어요. 그런데 없는 거예요. 아빠 옆에도 언니 방에도 내 방에도. 집안이 순식간에 발칵 뒤집혔어요. 재석이는 밖에 나갈 때는 꼭 누군가와 함께 나갔고 기껏해야 마당이 전부였어요.

이리 뛰고 저리 뛰고 모두들 정신없이 찾았는데 없었어요. 집 안 구석 어디에도. 정신이 반쯤 나간 아빠는 엄마한테 계속 큰소리를 쳤고 아빠한테 혼나는 엄마를 본 것은 그때가 처음이었어요.

엄마는 계속 울기만 했는데 역시나 나였어요. 별안간 침대 생각이 나면서 안방 이불장을 열어 보고 싶은 거예요.

우리 집은 부모님만 빼고는 모두 침대를 썼는데 안방은 아빠가 침대를 싫어해서 안 썼어요. 당연히 재석이도 부모님과 함께 자는 탓에 침대가 없었어요.

재석이는 늘 침대 사달라고 졸랐는데요 내 동생이 누구예요. 그러니 엄마는 그때마다

"혼자 잘 때 사줄 거야. 혼자 잘 수 있어?"

혼자 자기는 무서웠던지 더 이상 조르지는 못했는데요. 대신 내 침대나 언니 침대만 보면 그 정확지 못한 발음으로 칭대, 칭대 하면서 올라가 야단법석이었어요. 가만히 있지를 못했어요.

그러잖아도 언니 방이나 내 방에만 오면 온갖 것들을 끄집어내고 뒤집고 하는데, 침대에서까지 그 지경이니 당연히 출입금지가 될 수밖에요.

그 탓인지 재석이는 종종 안방 이불장 속에서 칭대, 칭대 하면서 놀았어요. 나는 그것을 이따금 보게 되었는데 우연이가 아니라 내게 꽤 자랑질을 했기 때문이에요. 그때 그 기억이 스친 거예요.

아니나 다를까 재석이는 그곳에서 한참 낮잠을 즐기고 있었어요. 밖에서는 무슨 일이 벌어지고 있는지 관심도 없이 아주 기분 좋게.

한두 시간쯤의 공포가 마무리되는 순간이었는데 아빠는 경찰서까지 갔다 오셨지 뭐예요. 엄마하고 언니는 아빠한테 계속 야단을 맞았고 재석이는 멀쩡했고 나는 동생 찾은 덕을 톡톡히 보았어요. 아들이라는 빽 참 대단해요.

내가 초등학교 3학년 때에는 또 말이죠.

나는 피아노 학원을 다녔는데 재석이는 덩치는 컸지만 나이 탓에 학교는 못가고 유치원을 다니며 태권도장을 다녔는데요. 그의 희망사항은 아니고 아빠의 부탁이었는데 솔직히 잘 다니지 않았어요.

그런데 피아노 학원에서 열심히 피아노를 치고 있는데 집에서 전화가 온 거예요.

"필남이, 아니 필남이 아니고 재희 좀 바꿔주세요."

작은언니였는데 나는 너무도 놀라 뻘게진 얼굴에 기절할 뻔했어요. 필남이라는 말이 튀어나왔기에 말이에요. 밖에서는 모두 다 재희로만 알고 있는데 세상에나 이 언니가 지금 뭐 하고 있는 거야.

나는 이름이 두 개였어요. 예전에 집에서 부르던 이름 필남이에 호적에 올라있는 이름 재희. 그런데 필남이라는 이름은 말 그대로 다음에는 아들이어야 한다. 남동생을 꼭 봐야 한다는 그런 느낌이었기에 어릴 때는 몰랐으나 커서는 창피하고 싫은 이름이어서 울며불며 못 부르게 한 이름이었는데 둘째 언니가 거기서 부른 거예요.

나는 너무도 화가 나 반말지거리로

"왜 그래? 뭐야?"

"미안해. 나도 모르게 급해서 엉겁결에 튀어나왔어. 지금 집으로 빨리 와. 재석이가 난리 났어."

언니는 이래저래 정신이 없었어요. 호랑이에게 물려가도 정신만 차리면 살 수 있다고 하던데 그 정도로 그 법석을 치다니.

"언니야 잘해. 똑똑하다며."

엄마가 재석이를 4시쯤 태권도장으로 보내라고 했대요. 요즘 많이 빠져서 아빠가 걱정한다고. 그래서 친구하고 꽤 재미있게 노는 동생을 태권도장에 보내려고 친구를 보냈는데, 그것이 발단이 되어 재석이가 땡깡을 놓게 되었고 언짢아진 언니가 몇 대 쥐어박은 것이 걷잡을 수가 없게 된 거였어요. 온 동네가 다 시끄러울 정도로.

내가 해결했어요. 내가 누구예요. 특별한 비법이 있던 것은 아니고 재석이의 약점을 몇 개 알고 있었는데 그걸 미끼로 삼았고, 내가 갖고 있던 것 중에서 그가 탐내던 것을 주기로 한 것뿐이에요.

하지만 동생 약점을 여기서 밝힐 수는 없어요. 하나님까지 걸고 한 약속이기에. 비록 내가 턱수염이 안 나는 여자이기는 하지만.

아빠가 그러는데요. 여자는 입이 가벼워서 턱수염이 안 난대요. 옛부터 내려오는 말이라는데 여성을 비하하는 것 같기는 한데 일리는 있는 것 같아요.

나는 재희라는 이름이 참 좋아요. 필남이라는 이름에는 이가 갈리면서. 그런데 둘째 언니는 성격이 이상한 건지 수시로 그 이름을 갖고 나를 놀려 울리곤 해요.

작은언니와 나는 나이 차이는 나지만 바로 위 언니다 보니, 때때로 대들곤 하는데 그러면 꼭 나잇값도 못하고 가슴에 못을 박는데 그날도 약간의 다툼 끝에 그랬어요.

"야, 재희라는 이름은 별건 줄 아니? 필남이라는 이름과 오십보백보야. 있을 재 계집 희. 여기 계집애가 또 있다. 그러니까 남자 동생을 보아라 그거야."

너무도 충격적이었어요. 지금도 한자는 잘 모르지만, 그때는 하나도 모를 때였거든요.

"아빠한테 물어봐라. 내 말이 틀리는가?"

"이 악마야! 아빠한테 다 이를 거야. 흐흐흑…"

한참을 울고불고했어요. 그리고는 아빠가 들어오자마자 기다렸다는 듯이 따졌어요. 아빠는 늘상의 그 웃음을 날리면서

"고얀 자식. 아빠가 이따 혼내줄게. 공주님 그래서 속상하셨어. 아니야, 그건 모략이야. 있을 재는 맞는데 계집 희가 아니고 기쁠 희야. 여기 기쁨이 있다. 기쁨을 주는 사람이 있다. 그 뜻이야. 그리고 언니한테 너무 대들면 안 돼요. 공주님이잖아."

나는 너무도 좋았어요. 아빠가 그러면 그렇지 호적 이름까지 그렇게 지으실 리가 없지 하면서. 그래서 작은언니가 알지도 못하는 주제에 잘난 척하는 것도 그렇고 아빠한테 고자질하는 것도 너무 미웠

어요.

아빠가 이런 일을 예견하셨을까? 큰언니 명희, 작은언니 정희, 다 계집 희 자를 쓰는데 나만 기쁠 희 자를 쓰고 있으니.

어쨌거나 좋았어요. 필남이라는 이름 때문에 그러잖아도 서럽고 기분 나쁜 판에 재희까지 그렇다면 어떡해요.

우리 집 막둥이 외아들 재석이는요. 초등학교 4학년 무렵에는 고집 불통에 땡깡도 많이 고쳐졌고 말도 좋아져 제법 의젓해졌는데 못 말 리는 것은 여전했어요. 장난질이 보통이 아닌 것이 떡잎 때부터 그 랬잖아요.

또래에 비해 덩치도 큰 데다 원하는 것은 모두 다 가져야 하는 성격 이다 보니 장난감에 스포츠용품 등 없는 것이 없었고 당연히 따르는 애들이 많다 보니 늘 대장이 되어 판을 벌이곤 했어요.

워낙 겁이 없는 데다 설치기도 잘하고 대장이라는 감투까지 쓰다 보니 거칠 것이 없었어요.

안 올라가는 곳이 없었고 안 뛰어내리는 곳이 없었어요. 팔다리가 성할 날이 없고 깁스를 달고 살았는데 이쪽 팔 깁스를 풀면 저쪽 발 이, 저쪽 발이 괜찮아지면 이쪽 손가락이.

늘 깁스나 압박붕대를 감지 않을 때가 없었기에 책가방은 늘 친구 들의 몫이었고 엄마는 병원을 함께 다니며 하늘과 땅을 오르내렸는 데 그때마다 엄마는

"저 녀석 때문에 못 살아. 그런데 대장 노릇 하다가 그런 거니 어쩔

수도 없고."

　아빠도 마찬가지로 맞장구치며 그랬고요. 나 참…

　그런 재석이가 5학년이 되면서 180도 바뀌기 시작했는데, 물론 좋은 방향은 아니고요. 세 살 버릇 어디 가겠어요.

　노는 대상이 남자애들에서 여자애들로 바뀌며 여자들에게 호기심 삼아 하는 장난질로 바뀐 건데요. 저는 호기심에 하는 건데 당하는 여자들에게는 꽤 성가신 일이었는데 여기에 또 내 동생의 못 말림이 있었어요. 제법 예쁜 애들은 보호해주면서 아니다 싶으면 장난 짓거리를 하는 거였어요.

　엄마는 당연히 학교 출입을 수시로 하게 되었고 그때마다 푸념이 늘어지곤 했는데

　"손자 같은 아들놈 때문에 이 무슨 고생이고 창피인지. 늦게 낳은 탓에 창피하고 용서 구하느라고 창피하고."

　그런데 크게 나무라지 않는 걸 보니 나름대로 좋은 것도 믿는 구석도 있었나 봐요.

　그런 엄마였는데 그를 엄청나게 좋아하고 애지중지하는데요. 재석이와 같이 다니는 것만큼은 꽤 싫어했어요. 영 탐탁지 않아 하면서요.

　언니들하고 같이 다니면 자매 취급 받으며 마냥 기분이 좋은데, 재석이하고 다니면 손자냐고 묻는 사람들이 태반인 데다 힘 좋은 녀석 따라다니자니 숨도 차고 힘도 들어 그렇대요.

재석이도 역시 마찬가지고요.

나도 언니들 나설 때 나서지 재석이랑 엄마와 함께는 하지 않는 것을 철칙으로 하고 있어요. 나까지 도매금 되기 싫어서.

그러나 엄마는 솔직히 말해 할머니는 할머니예요. 큰언니가 일찍 시집을 가 아들, 딸이 있으니까. 아들 환이가 5살이고 딸 예은이가 3살인데 얼마나 귀여운지 몰라요. 하지만 엄마는 재석이가 훨씬 더 이쁘고 귀엽대요.

그런 엄마다 보니 학교에 수시로 불려갔다 와서도 투덜대기는 했어도 재석이를 크게 야단치지는 않았어요. 그리고는 이따금 나와 작은언니한테

"그래도 사내놈이라고 눈은 있어 가지고 꼭 지 아버지 닮아서 예쁜 여자만 찾는 것이….."

나는 재석이의 그런 낌새를 예전부터 알고 있었어요. 유치원 때부터 내 친구들한테 꽤 까불고 장난치던 녀석이 예쁜 선애한테만큼은 꼼짝도 못 하면서 틈틈이 선물도 갖다주곤 했으니 말이에요. 그것도 내 것을 훔친 물건으로. 내게 들킨 것만 해도 수차례인데 그때도 수시로 엄마한테 말하곤 했는데 별 효과가 없었어요.

효과가 있을 턱이 없지요.

엄마의 일상이었기에 늘 그러려니 했는데 그날은 이것저것이 복합되어 은근히 화도 치밀어

"엄마가 이뻐? 재석이도 엄마 안 이쁘대. 그리고 재석이가 별나서

그런 거야." 했더니 엄마 정색을 하면서

"나 처녀 때는 얼마나 날씬하고 예뻤는데 그래! 지금은 너희들 낳고 기르느라고 망가져서 그런 거야. 알지도 못하면서. 아빠한테 물어봐라."

꽤 흥분하시는 거예요. 적잖이 놀랐어요. 포인트가 그쪽이 아니었는데. 여하튼 이쁘다는 것에 대해서는 나이가 없나 봐요.

그리고 아빠한테 물어보는 것은 하나 마나예요. 뻔한 거니까. 아빠는 엄마 말이라면 무조건 예스예요. 예전에는 어땠는지 모르지만 지금까지 엄마 말을 뒤집어 본 적이 없어요. 언제나 순종파에 화도 안 냈는데 재석이 잠시 잃어버렸을 때만이 유일한 예외였어요.

어느 날 아빠와 술친구 하면서 궁금도 하고 호기심도 나서 살며시 물어보았는데

"아빠는 엄마가 무서워?"

"그럼 무섭지. 너는 엄마가 안 무섭니?"

"나야 어리니까 그렇지만, 아빠는 어른이고 남편이잖아. 아빠는 밖에서도 여자들 무서워해?"

"어이쿠, 우리 공주 다 컸네. 실은 엄마가 무서운 게 아니라 일부러 무서운 척하는 거야. 그래야 집안이 조용하거든. 그리고 내가 사고도 좀 치잖아. 아빠가 여자들이 무서우면 어떻게 밖에서 일을 하고 돈을 벌겠니?"

하지만 나는 아빠의 그 말이 그때나 지금이나 이해가 되지 않아요.

무서워하는 것하고 잘해주는 것하고는 다른 거니까.

그런데 이상해지는 곳이 또 있어요. 큰언니네인데 형부도 이상스레 자꾸 아빠를 닮아가고 있는 것이 환이 하나일 때는 몰랐는데 둘이 되면서부터는 가관이에요. 우리 집은 넷이나 되니까 그렇다 해도 그 집은 이제 둘인데.

어느 날 엄마와 작은언니 있는 데서.

"형부 왜 그러냐? 남자가 돼서 언니 앞에서 그리 쩔쩔매고. 남자가 박력이 있어야지. 아주 밥맛이야. 요즘 남자들은 다….""

내 말이 채 끝나기도 전이었는데 엄마의 찢어지는 목소리가 온 집안을 흔들었어요.

"큰언니가 얼마나 힘드냐. 집안 살림하랴, 애 키우랴, 애 낳으랴. 돈 벌어오는 남자도 힘들지만 많지 않은 돈으로 살림 꾸려나가는 여자도 힘든 거야. 이것들아, 너희들도 이다음에 결혼해서 살아봐라. 니 형부 아주 성실하고 똑똑한 사람이야. 그리고 재희, 너 쓸데없는 소리 그만하고 들어가 공부해.""

나는 덕분에 욕 한 사발 들어먹고 하기 싫은 공부 하러 쫓겨 들어갔는데 내가 생각하기에 그거 집안 내력 같아요. 딸들은 아버지 닮은 남편감 구한다고 하잖아요. 작은언니는 모르겠는데 내 문제는 골치가 아파요.

그때 퍼뜩 재석이 생각이 나지 뭐예요.

재석이는 어떨까? 그 성질머리에 고집에 대단할 거야. 아니야, 지금도 성질은 있지만 예쁜 여자 앞에서는 꼼짝도 못 하잖아. 아빠 수준일 거야.

참 못 말리는 나지요. 하라는 공부는 안 하고 쓸데없는 걱정이나 하고 있으니 말이에요.

그런데 김 약국집 엄마 사부였던 그 아줌마네요. 그 집도 3녀 1남이라고 했잖아요. 그 집 딸들이 아직도 결혼 전이래요. 안 간 건지 못 간 건지 우리 큰언니가 그 집 둘째 언니하고 동창인데.

나이 든 부부가 그래 자주 부부싸움을 한대요. 엄마가 아빠한테 자랑 겸해서 한 얘기 들은 건데 그쪽 부모님 머리 좀 아프시겠어요. 나이 들수록 여자는 금값이 은값 됐다 똥값 된다고 하던데요.

그런데 여자들 능력 있으면 혼자 사는 것도 괜찮을 것 같아요. 여자들도 직업이 있고 그 일이 재미도 있고 자부심도 있는데 결혼하면 육아에 집안일에 직장 일까지 도와주는 사람이 있다 해도 쉽지 않은 일일 거고 아주 힘들 것 같아요.

그래서인지 많이 싱글하고 있대요. 자기 좋아하는 일 하면서. 일장일단이 있는 거지만요.

요즈음 그래 우리나라 출산율이 1.0명도 안 된대요. 큰 사회 문제가 되고 있다는데요. 지금 추세로 가면 100년 후쯤에는 인구가 반 토막이 나고 이후 급격히 줄어든대요. 실감은 안 나는데 줄어드는 속도가 크다 보면 그럴 수밖에 없겠지요. 뭐?

나는 공부가 참 하기 싫어요. 요즘 들어 더한데 좀 할라하면 자꾸 얼굴 들여다보게 되고 쓸데없는 공상만 이리저리 넘나들고 책장은 안 넘어가고..

허기사 하기 좋은 거라면 누구나 다 일류대학 가고 좋다는 직업 갖고 있겠지만 말이에요.

엄마는 나와 재석이만 보면

"너희들 시대에는 반드시 자격증이 필요해. 전문인이 되어야 하는 거야. 그러니까 공부 열심히 해."

엄마의 18번인데 우리가 늦둥이인 탓에 이것저것이 걱정되면서 그런 것 같아 이해는 가지만 좀 지겨웠어요.

"재희야. 이리 와요. 아빠 다리 좀 주물러. 공주님."

내가 마음먹고 공부 좀 할라치면 때때로 또 방해하는 사람이 있었으니 바로 아빠예요.

다리 주물러주는 일에 이따금 아빠 얘기 들으면서 질문도 하는 건데, 특별 용돈도 생기고 싫지는 않았는데 이따금 튕겨보고도 싶은 마음에

"아빠, 나 공부해야 하는데…."

"쉬어 가면서 해. 아직 중3이잖아."

"엄마가 열심히 공부해서 자격증 딸 수 있는 대학 가야 한대."

"괜찮아. 너는 이뻐서 공부 좀 못해도 돼."

나는 이 말이 너무도 좋았어요. 그래 반드시 되묻곤 했는데

"아빠, 나 진짜 예뻐?"

"그럼. 셋째 딸인데. 셋째 딸은 선도 안 본대잖아."

그런데 이럴 때마다 꼭 끼어드는 목소리가 있었으니 바로 엄마에요.

"잘해요. 잘해 애 데리고 잘해."

그러면 아빠는 바로

"열심히 공부해. 여자도 열심히 해야돼."

방향은 다르지만 이런 일도 있었는데요. 아빠 다리를 주무르는데 시간이 꽤 늘어나는 거에요. 슬며시 걱정도 되어

"아빠 다리가 많이 아파? 병원 가서 검사받아봐야 하는 거 아냐?"

제법 심각하게 물었는데 글쎄요

"다리가 나이 탓에 약해지는데 운동을 안 해서 그래. 다른 데는 다 운동 잘하는데."

그 말이 꽤나 이상했어요. 운동 부족이면 다 운동 부족이지 어째서 같은 몸인데 다리만 운동 부족이고 다른 곳은 괜찮은 건지요.

"아빠, 왜 다리만 운동이 부족해?"

"그건 말이야. 머리는 회사 식구들을 위해 열심히 운동하고, 팔은 우리 집 식구들을 위해 열심히 운동하고, 허리는 엄마를 위해 열심히 운동하는데 다리만 자동차 타고 다녀서 그래."

아빠도 참….

그런데 여기에 못지않은 못 말리는 사람이 있으니 자칭 왕자 내 동생 재석이에요. 도통 심부름을 안 해요. 나이를 먹었는데도 제일 어

린 것이 심부름을 시키면 대답만 하면서 그리 뜸을 들여 시키는 사람 속을 뒤집고 있어요.

그런데 시키는 사람이 엄마 아니면 아빠다 보니 어쩌다가 큰언니이고, 고쳐지겠어요. 고쳐질 리가 없지요.

나와 언니들은 일찌감치 손들었는데 엄마, 아빠는 아직도 나이 타령만 하고 있어요. 모르는 건지 안 듣고 싶은 건지.

심부름을 내가 다 하고 있어요. 작은언니가 있기는 하나 직장 생활을 하는 데다 휴일에는 놀러 가고 연애하러 다니다 보니. 내 운명이려니 하는데 어떨 때는 태어난 순서를 원망하기도 하지만 그래도 싫지만은 않은 것이 생각 외로 많은 수입이 거기서 떨어지고 있어요. 이거 일급 비밀인데….

요즈음 그런데요. 우리 집 재석이 일도 아니고 아빠 일도 아닌 생각지도 않은 작은언니 문제로 집안이 온통 저기압에 어정쩡한 분위기예요. 집안이라야 엄마가 다인데 엄마가 집안 분위기를 온통 좌지우지하는 탓에 그렇다 해도 틀린 말은 아니에요.

큰언니는 그 나이에 벌써 시집가 아들까지 낳았는데 작은언니는 꿈쩍도 안 하면서 엄마 속을 뒤집어 집안이 그런 거예요.

연애는 물 건너갔고 소개팅을 하곤 하는데 결과가 없어요.

엄마의 잔소리가 줄을 서는데

"사람의 조건이나 능력은 변하는 거야. 지금 그 상태로 계속 있는 게 아니야. 인성 좋고 책임감 있는 사람이면 행복하게 잘 살아. 남자

다음이나 멋진 것은 소녀 시절 이야기이고 재력은 집안끼리 연결되는 거야."

나도 들으라고 그러는 건지 나도 있는 데서 그랬어요.

"행복은 찾고 가꾸면서 얻어지는 거지. 있는 것 따먹는 것이 아니야. 그런 것은 곧 없어지게 되고 권태에 빠지게 돼. 또 다른 행복만 찾게 되고."

이런 말도 했어요.

"네 수준도 생각하고 집안 수준도 생각해야지. 무조건 달려든다고 되는 게 아니야. 결혼은 현실이니까. 어울리지 않는 수준들이 합친다면 그 마음고생 오죽하겠니."

엄마의 잔소리 훈화는 진짜 엄지 척이에요. 그런데 작은언니 문제는 좀 시끄러울 거예요.

엄마의 잔소리가 줄을 서고 그 나이에 벌써 시집 간 큰언니의 지원이 있어도 할머니 말마따나 연분이 있어야 하는데 인연이 안 나타나니 말이에요.

엄마가 아직은 나이도 있고 세상이 그렇다 하니 기다리는 눈치라 조용은 한데, 자식 이기는 부모 없다는 말도 있지마는 글쎄요.

국어 선생님이 그러는데 그 말은 보통의 집안에서나 통하는 말이래요. 있는 집안에서는 부모가 자식 다 이긴대요. 전혀 없는 집안에서는 부모 존재가 없는 거고. 그런데 대부분이 보통의 평범한 집안이기에 그리 통용되고 있대요.

어쨌거나 우리 집 작은언니 문제는 시간이 좀 걸릴 거예요. 작은언니가 만만치가 않거든요. 비바람이 좀 칠 거예요.

2

아빠는 술도 좋고 사람도 좋아 자주 술을 하는데 직업상, 성격상 어쩔 수가 없대요. 그런데 어떤 날은 술 드시고 와서 늦은 밤에 또 집에서 외롭다며 엄마의 구박 속에 술을 드실 때가 있어요. 혼술이죠.

아픈 마음에 내가 이따금 아빠의 술친구가 되어주는데 안 됐잖아요. 외롭다는데 슬프다는데 나라도 친구 되어드려야지.

크게 할 일은 없어요. 그냥 아빠 얘기 듣기만 하면 돼요. 원래 술 드시면 말들이 많아지잖아요. 우리 아빠 같은 분들은 더하지만.

그런데 처음에는 그랬는데요. 점차 내가 글솜씨가 있다는 것을 알게 되면서 글도 제법 쓰고 상장도 제법 타오면서 상황이 바뀌었어요. 내 마음도 아빠 마음도

"작가는 경험이 많아야 해. 아빠의 경험이라도 많이 들어 소재 삼아."

이야기꽃이 더 풍성해졌는데요. 아빠 회사 이야기에 친구들 이야기 엄마한테 들은 이야기까지, 아빠가 각색도 하고 생각도 입히면서 이어지고 있는데요.

아주 좋아요. 재미도 있고 시간 가는 줄 모르는데 엄마가 끼어들면서 끝나고 말아요.

"애 데리고 잘하는 짓이다. 재희, 너 내일 학교 안 가?"

"다음에 이어가자. 재희야."

아빠의 암기력은 대단해요. 별걸 다 기억하고 있는데 완전 짱이에요. 말재주는 있는데 글재주가 없대요.

"문제는 호기심이고 느낌이야."

나도 그런 것 같은데 엄마는 다 소용없는 짓거리라 하네요.

"영철이 소식 들었니? 어제 죽었대요. 지금 중앙병원 장례식장이라는데 간암이었다나 봐."

아빠는 꽤 충격적이었대요. 그 친구가 술 좋아하는 것은 알았으나 그리 빨리 갈 줄은 몰랐기에. 홍천에서 그림 그리며 버섯 농사하고 있다고 한번 놀러 오라고 해 그러겠다고 한 것이 얼마 전이었다는데 얼마나 놀랐겠어요.

"저녁때 올 거지. 모두 모이기로 했어."

형민이 아저씨인데요. 아빠의 친한 친구로 고등학교 생물 선생님에 상담 선생님 이래요.

순간 산다는 것이 너무 허무하고 부질없고 했대요. 아직 젊은데 하는 생각에 더욱. 그러다 소시민들 뭐 그리 큰일 한다고 한창때이고 뭐고 하나? 그게 그거지 하는데 자식들에 대한 책임감은 있겠구나 하는 생각이 들더래요.

　그런데 그 아저씨는 자식이 없었대요. 결혼한 지 꽤 지났는데도 예견된 일이었는지 운명이었는지는 모르겠는데 없었대요. 어느 날 술좌석에서 한 친구가

"너는 왜 소식이 없니. 안 낳는 거야, 못 낳는 거야?"

　물었더니 그 아저씨 금방 심각해지더니

"너희들 유전무죄, 무전유죄라는 말 알아?"

　아닌 밤중에 홍두깨였대요. 자식 얘기하는데 뜬금없이 돈이 어떻고 죄가 어떻고 하니. 모두 갸우뚱거리고 있는데

"무슨 얘기냐 하면, 좀 있는 집안의 문제아는 후에 예술가도 될 수 있고 평범한 시민도 될 수 있지만, 그렇지 못한 집안의 문제아는 밑바닥 인생이 된다 그거야. 나도 풍요로운 집안의 자식이었기에 그렇지 않았다면? 나는 내 부모님만큼 자식에 대해 희생적이지도 않고 풍요롭지도 못해. 나 같은 자식 감당할 만한 능력이 없어. 그래서 없는 거야."

　좌우간 괴짜였대요. 평범한 친구는 아니었대요.

　친구들이 꽤 모였는데 고교 친구들, 대학 친구들, 사회 친구들까지. 친구들이 워낙 많았던 아저씨였대요.

"평범하지 않은 친구인데 아까워. 미술을 계속했더라면 한 분야 이루었을지도 모르는데, 그 어머님도 후에 무척이나 후회하셨지. 말썽은 피웠지만 공부도 워낙 잘했기에."

"그래도 남들은 체면 때문에, 용기가 없어서 못 한 일들 다 해가면서 나름 행복하게 산 친구야. 자유주의자였지. 스트리킹 생각나니?"

대학교 2학년 때였대요. 여름방학이 끝난 어느 날 잔디밭에 둘러앉아 이런저런 이야기를 나누고 있는데, 그 아저씨가 방학 때 해수욕장에서 찍은 사진이라며 몇 장을 보여주는데 나체사진이었대요. 주변에서 놀라는 몇몇 사람들이 함께 찍힌 나체사진.

그러더니 이러더래요.

"너희들 오늘 말이야. 나한테 술 한잔 사면 나 여기서 스트리킹 할 수 있는데."

모두들 한동안 얼굴들만 쳐다보았대요. 그 친구 성격을 아는지라 진심일 거라는 마음에 설마 하는 마음이 교차하면서.

그 당시 서구에서는 스트리킹이 꽤 유행하였고 우리 신문에도 틈틈이 오르내리던 그 시절이었대요.

이 친구 저 친구 한마디씩 거들었는데

"그래, 한번 해봐라. 매스컴 탈지도 모르잖아."

"재수 없으면 경찰서 간다."

설마 하는 마음들이 더 컸대요. 학교 교정이었고 여학생들도 많았기에. 그런데 그 아저씨 순식간에 옷과 신발을 벗어버리더니 폼 나게 달렸대요.

"상당한 거리를 달렸었지, 그때 여학생들 모습 생각나니? 대단했는데…."

크게 웃을 수 있는 자리가 아니었기에 모두 킥킥거리며 웃었는데,
여러 번 리바이벌 되었기에 모르는 친구가 없었대요.

"고등학교도 세 군데나 다녔잖아. 친구들이 늘 따랐지. 싸움 잘하
지, 공부 잘하지, 연애도 잘하지, 잡기에도 능하지. 선생님들도 두 손
든 분 많았어. 언제 공부해 그리 성적이 좋은지 모르겠다 하시며."

"학교 옮겨 가는 얘기 좀 해봐라."

그때는 고교입시가 있던 시절이었대요. 놀기도 잘했지만 공부도
잘한 그는 일류 고등학교에 다니고 있었는데, 타고난 끼로 인해 여고
생들과의 미팅에 남학생들과의 싸움질은 학교에서도 평판이 자자했
대요.

그 당시는 여학생들과 다니다 보면 괜히 시비 거는 남학생들이 많
아서 싸움으로 이어지는 것은 당연한 일이었대요.

그러니 번번이 사복 입고 여학생들과 다니다, 싸움질하고 경찰서도
들락거리니 학교에서도 어쩔 수가 없었대요. 공부 잘하고 재주도 있
고 부모님이 교육자인 것도 알지만는 결국은 학교를 자퇴했대요.

두 번째 학교는 일류는 아니었는데 그 학교에서는 여학생 문제나
싸움질이 문제가 아니라 선생님들과의 문제가 문제였대요. 타고난
좋은 머리가.

이 학교가 아빠의 모교이고요.

친구들의 부추김에 또 우쭐해지고 싶은 마음에 수시로 실력이 좀
처지는 선생님들에게 어려운 문제를 질문해 골탕을 먹이곤 했는데

그것이 한두 번으로 끝나는 게 아니었대요.

제자들 앞에서 어찌 보면 망신당한 선생님들 당연히 기분이 나빴을 거고 선생님들끼리도 소문이 돌았을 텐데, 그 무리들은 전혀 개의치 않았대요.

그러다 어느 날 내심 벼르고 있었을, 별난 성격 탓에 학생들에게도 비호감이었던 그 선생님에게 또 질문이 갔고 말대꾸를 하다 매까지 맞게 되었는데, 그냥 맞고 있을 아저씨가 아니었대요. 당연히 거부 반응이 나왔고 급기야는 반항의 흔적까지 나오고 말았대요.

또 자퇴를 했대요.

그리고 이번에는 실업계 고교로 갈 수밖에 없었는데 진학반 몇 명 없는 반에서 재수도 안 하고 단번에 일류 대학에 합격했대요.

한동안 그 학교 뉴스거리였고 플래카드까지 붙었대요.

"분식집 사건도 있잖아."

대학을 졸업하고는 그 아저씨 직장도 다니면서 꽤 평범한 생활을 했대요. 모두가 그 평범함에 의아해하고 있었는데, 아니나 다를까 얼마 안 가 회사를 차렸다고 해 그러면 그렇지 어째 이상하다고 했다. 서로들 그랬대요.

처음에는 무역회사였는데 그러다 유통회사로 나중에는 토건 회사로 바뀌었는데, 혼자 하기도 하고 동업하기도 했는데 결과가 좋지 않았대요.

아빠가 그러는데 사업은 머리와 노력만으로 되는 게 아니래요. 그

것은 당연한 거고 돈과 인맥 그리고 앞을 보는 눈이 더해져야 한대요. 그래서 사업이 어려운 거래요.

그 아저씨 한참을 소식이 없었대요. 모두가 걱정하며 의아해하고 있었는데 그럴 성격이 아닌 친구였기에. 그랬는데 한참이 지난 후 연락이 왔는데 분식집을 차렸다고 하더래요.

"영철이가 분식집을 차려. 뭔 일이야?"

모두가 놀라 의아해하며 수군수군했는데 역시나 분식집을 하면서 또 평범하게 장사나 하며 돈이나 벌었으면 좋았을 텐데 그럴 친구가 아니었대요.

그때는 언론이 막혀있던 눈치를 많이 보던 시대였대요. 독재니, 자유니 하면서 학생 데모도 빈번했고 야당색이 있는 신문이나 잡지 등이 인기있던 그런 시대였대요.

그런데 어느 날부터 분식집 문 앞에다 '오늘의 출입 금지자'라고 적은 칠판을 내걸기 시작했는데, 그 대상이 그날그날 구설수에 오르내리며 지탄의 대상이 되는 장관, 국회의원, 대학교수, 판사, 검사 등 사회 저명인사들이었대요.

△△△의 ○○○는 당 음식점의 출입을 정중히 거절합니다.

주변 상가 사람들이 주 고객인 조그만 분식집이었고 오시라 간청해도 오지 않을 한가락 하는 저명인사들인데, 그들의 출입을 공개적으로 일방적으로 막은 거래요.

소문이 발을 달아 호기심에 대리만족으로 분식집에 손님들이 들끓었대요. 경찰서와 시민단체 등에서도 인사를 왔고, 그런데도 전혀 변화가 없었대요. 손님이 많아지면 당연히 일하는 사람도 늘리고 음식 준비 양도 늘어야 했는데 그렇지 않았고 칠판 내용도 그대로였고 결국 문을 닫았대요.

"주방 일을 도맡아 하던 부인이 이런저런 이유로 감당치 못하고 쓰러지는 바람에 그만두게 되었어. 그러고는 홍천으로 내려갔지 곱게 자란 부인이었는데 그 녀석 만나 고생이 참 많았지."

"그 친구 결혼식도 특이하게 했잖아. 산에서 했지?"

고등학교 때부터 연애 박사였던 그 아저씨는 고등학교 때부터 알고 지내던 여자 친구와 결혼을 했는데, 그 결혼식을 산에서 한 거래요. 친구들과 친지 40여 명만 불러서 산 정상에서 성대하게 치렀는대요. 당연히 우리 아빠도 참석했고.

"바글바글 복닥복닥거리는 곳에서 30분 만에 해치우는 게 무슨 의미가 있냐? 쓸데없이 이리저리 돈 낭비나 하고, 이 사람 저 사람 돈 봉투나 들고 오게 하고, 비싼 예식장이라고 자랑인 양 떠벌리기나 하고, 다 소인배들 짓거리야."

결혼식 날 일찍 신부 댁에 가서 처가 부모님께 인사드리고 신부를 데리고 와 본가 부모님께 인사시키고 아는 형님 주례로 친구, 친지 모인 가운데 산 정상에서 결혼식을 했대요.

"우리나라 예식문화, 장례문화 다 바뀌어야 해. 그건 의식이 아니야, 겉치레 자랑이지."

들고 온 장비들로 밥과 찌개를 끓여 소주잔에 결혼 축하연도 했고, 신혼여행은 등산복 차림으로 태백산인가 다녀왔대요.

양가 부모님의 반대가 심했으나 워낙 똑똑하고 뚝심 있는 그 아저씨였기에 가능했다는데 삶이 다 그랬대요.

어린 나로서는 전혀 이해가 안 되는데요. 여자로서는 더욱이나 그러나 똑똑하고 뭔가 지조 있는 분 같기는 해요. 그런 탓에 일찍 돌아가신 건가? 어쨌거나 아주머니가 안 되신 것 같은데 실제로는 시원하다고 하실지도 모르죠, 뭐.

"생각이 남들보다 앞서가는 친구였어. 홍천집에 가보니 그림을 꽤 많이 그렸더라고. 친구 소개로 화랑과 연결이 되었는데도 안 팔았대. 생활이 넉넉한 편도 아니었는데. 자식 같은 것들을 돈 받고 어떻게 파느냐고 돈 생기면 전시회나 한 다음에 기부하겠다고 그랬대."

"여러모로 아까운 친구야. 튀는 성격도 있지만 앞서가는 머리가 적응을 못해서. 우리 사회는 다양성이 인정이 안 돼요. 이해도 못 하고.

유교 문화권인 데다 일본 군국주의 식민교육 영향에 군사문화 영향 등으로 획일주의야. 모두 같아야 하는 튀면 안 되고 다르면 눈총 받고 혼나는 그런 사회 분위기야 어디서든.

그래 왕따가 생겨나고 이상한 댓글이 판치고 O · X만 있고 △가 숨 쉴 수 없는, 무리에 순종하고 따라야만 하는 닫힌 사회가 되었어. 바꾸어야 해.

기성세대들은 그런 교육 탓에 생활습관에 지내왔지만 자라나는 세대들은 그들을 위해서 나라 앞날을 위해서도 다양성을 느끼고 인정하고 행할 수 있는 열린 사회 포용성의 사회가 되어야만 해.

그동안 우리나라는 열과 정성을 다해 따라 가기만 하면 되는 흐름이었기에 후진국에서 벗어나 잘 먹고 잘사는 나라가 되었지만, 앞으로는 앞서 이끄는 뭔가 보여줘야 하는 선진국이어야 하기에 창조가 앞서야 하는데 그것은 다양성에서 나오지 순응하고 강요받는 획일성에서는 나올 수가 없어.

영철이도 어찌 보면 그런 강요받는 사회 흐름에 시대 부류에 어울리지 못해 그렇게 된 거고. 자유로운 영혼이잖아."

한동안 침묵이 흘렀대요. 영철 아저씨의 추억에다 승기 아저씨의 훈화 같은 말씀까지 더해져서요. 승기 아저씨는 아빠 고등학교 친구 중에서 가장 모범생이고 공부도 아주 잘한 친구였대요. 지금은 대학 교수고요.

"자, 그럼 이번에는 형민 씨가 사상의학에 대해 한 말씀 하시겠습니다. 경청 바랍니다."

분위기 반전을 위해 아빠가 나섰다는데 어디서나 나서는 건 우리 아빠잖아요.

형민 아저씨는 아빠의 친한 친구로 집에도 자주 놀러 오곤 하는데, 사상의학에 원래 관심이 많았고 고등학교 상담 선생을 겸하게 되면서 더 찾아보고 관찰하게 되면서 나름 일가견을 갖게 되었대요.

아빠가 사부로 모시는데, 아빠가 영업하니까 이것저것 묻게 되었고 도움을 받아 그리됐대요.

"사상의학에서는 사람을 성격과 체질에 따라 태음인·태양인·소음인·소양인으로 구분하는데, 성격은 타고나는 것이 바뀌지는 않고 숨는데 체질은 식습관에 따라 얼마든지 바뀔 수 있어.

그래 요즘은 성격과 체질이 같이 가는 사람도 있지만 다르게 가는 사람들도 많아 많이 혼란스럽지.

예전에는 다들 그 지방에서 나는 제철 음식을 그것도 풍족하게 못 먹었잖아. 교육이나 정보도 제한적이었고. 그러나 지금은 여기저기에 모든 것이 넘쳐나고 지천이잖아. 그러니 많이들 바뀔 수밖에.

성격으로 보면 양인은 동적(動的)이고 음인은 정적(靜的)이야. 나서기 좋아하고 움직이는 것을 좋아하느냐, 조용하고 차분하게 보내는 걸 즐기느냐 그 차이지. 그리고 체질로는 양인은 몸이 더운 사람이고 음인은 몸이 찬 사람이고.

태음인은 겁이 많고 심성이 착해. 그래 우유부단하다는 소리를 듣지. 좋고 싫음을 밖으로 잘 드러내지도 않아 속을 모르겠다는 소리를 듣기도 하고. 주변 일에 또한 별 관심이 없어 자기 일에만 몰두해. 열심이고 성실하지만 고지식하다는 소리를 듣기도 하지. 융통성은 당연히 없고 대인관계는 원만하고.

체질로는 간 기능은 좋은데 폐 기능이 약해. 기관지 쪽으로 우선 이상이 오지. 또 피부 호흡도 해야 하기에 몸 씻기를 아주 즐겨. 추위도 많이 타고.

반면에 소음인은 생각이 많아. 차분하고 주도면밀하면서 책임감도 강하고. 당연히 잔걱정을 달고 살지, 스트레스도 많이 받고. 그리고 자기중심적이라 이기적이라는 소리도 들어. 또 속에 담는 성격이라 뒤끝도 있어. 싫고 좋음이 분명하고 O·X를 잘 치고. 당연히 대인관계는 안 좋지. 친구가 많지 않아.

체질로는 신장 기능은 좋은데 위장기능이 약해. 우선적으로 소화기관에 탈이나 음식도 가려먹고 많이 안 먹고. 그런데 생활환경 탓에 엄청나게 잘 먹는 사람도 있어. 당연히 추위는 많이 타고.

소양인은 나서기를 즐기고 움직이는 것을 엄청나게 좋아하지. 성격도 급하고. 그래 몸이 빨리 움직여 화끈하다는 소리를 듣고 많이들 좋아하는 데 실수가 많지. 또 음주, 잡기에도 강하고 집안일보다 밖의 일로 바쁘다 보니 여기저기에 형님 아우님 하는 사람들이 많아, 사교성이 매우 좋지. 돈도 잘 쓰고 뻥도 좀 있고

체질로는 신장 기능은 약한데 위장기능이 좋아. 뭐든지 잘 먹어 음식 남기는 걸 이해 못 해. 성인병 조심해야지. 비뇨기 계통이 좀 약하고 더위도 많이 타. 체질로는 소음인과 반대야.

태양인은 우리나라에 많지 않아. 태음인이 40여%, 소음인이 30여%, 소양인이 20% 정도이니까 1~2% 정도 될 거야. 그러나 인구수로 따지면 적지는 않아.

머리가 뛰어나며 추진력도 있고 창의적이기도 해. 리더십도 강하고 자존심, 고집도 세고, 영웅심도 있어. 폐 기능은 강하나 간 기능은 약하지.

그리고 앞서도 얘기했지만 체질은 식습관에 따라서 얼마든지 바뀌는데 성격은 타고나는 것이 안 바뀌고 속으로 숨을 뿐이야. 그래 어렵고 힘든 상황에서는 자연스레 나타나게 돼 있어. 처한 환경이나 교육 상태에 따라서 다소간의 차이는 있는 거지만."

"그러면 영철이는 소양인인가?"

"태양인 같애. 소양인은 재성이고."

이분이 바로 우리 아빠예요. 김재성 씨.

"맞아. 소양인은 재성이야. 요즘은 나이 탓에, 제수씨 덕분에 조용하지만 꽤나 바빴잖아."

"쓸데없는 소리. 그런데 우리 영철이 유작 전시회 열어주면 어떨까? 작품들 우리가 어차피 살 거니까 그 돈으로 우선 전시회 비용 충당하고. 소박하게 하자고 유작 전시회니까. 그림 좋아하는 사람 있으면 현장에서 판매도 하고 말이야. 내가 주선해볼게. 영철이도 하늘나라에서 많이 좋아할 거야."

역시나! 우리 아빠였어요.

3

우리 집요. 얼마 전에 한동안 난리가 났었어요. 큰외삼촌이 대장암으로 큰 수술을 받은 데다 엄마하고 외할머니가 새벽기도 다니면서 시도 때도 없이 기도하는데, 큰소리로 해야 응답받는다고 여기저기서 부르짖다 보니 정신이 하나도 없는데요. 뭐라고 할 수도 없는 게 외할머니가 큰외삼촌이 자기 목숨 같다고 하시니.

외할머니는 원래 우리 집 근처 넓은 단독주택에 사셨는데요. 막내 외삼촌이 결혼하면서 혼자 적적하기도 하고 집안 관리도 어려워 근처에 있는 조그만 아파트로 얼마 전에 옮기셨어요.

별로 달라진 것은 없었어요. 전에는 우리가 할머니네로 자주 갔었는데 요즘은 할머니가 우리 집으로 온다는 것 외에는, 두 집 다 우리 집 근처였기에.

그 할머니가 요즈음 천당과 지옥을 오가고 있는데요. 집안일을 도와주러 큰외삼촌댁에 가 손자들 이것저것 돌보다 보면 기분은 좋은데, 큰외삼촌이 암에 걸려 큰 수술을 받아야 해 그런 거래요.

외삼촌네는 아들만 둘인데 위의 오빠는 대학생이고 아래가 나와 동갑인데 동혁이라고 이런 말 하기는 그런데 잘생겼어요. 외숙모 닮아서 멋져요. 외숙모가 미인이세요.

우리 엄마는 솔직히 말해 아니에요. 나도 닮아서 그렇고. 엄마는 종종 사람 얼굴값 한다, 얼굴이 밥 먹여 주냐 하는데 이뻤으면 그러겠어요. 이쁘고 볼 일이야 하겠지.

할머니 댁이 우리와 이웃인 것은 엄마가 둘째 언니 어렸을 때 이곳으로 이사 왔기 때문인데 나 태어나기 훨씬 전이래요. 아주 옛날이죠. 아마 엄마가 아쉬워서 이사 왔을 거예요. 엄마가 후에 일했거든요. 손길이 필요했겠죠.

어려서부터 자주 오가고 할머니가 한 분뿐인 데다 친할머니는 일찍 돌아가셨거든요. 아빠의 엄마가 아니라 엄마의 엄마다 보니 이모, 외삼촌들도 다 친해요. 나와 재석이 엄청 귀여워해 주시고 잘 챙겨도 주고요.

외숙모는 오늘도 병원을 갔다 와 집안을 대충 정리하고는 교회로 갔대요. 그냥 있을 수가 없어서. 누군가에게 의지하고 매달리지 않고서는 시간을 보내기가 어려웠대요.

집에서 가깝지도 않은 병원이고 집안일에 병간호에 교회까지 너무도 바쁜 하루인데도 피곤함을 전혀 못 느낀대요. 평소 강한 체질도 아니라는데 하나님의 보호하심이리라 생각하며 믿고 싶은 것이 요즘의 솔직한 심정이래요.

할머니나 엄마는 예전부터 그리 알고 있었는데 외숙모가 이제라도 그렇다니 다행이라고 어쨌거나 좋았대요. 외숙모 신앙이 깊어지는 것 같고 이제 다 잘 되는 것 같아서.

그런데요. 엄마는 이 와중에 외숙모가 엄마 때문에 신앙이 깊어졌다고 고맙다고 울면서 자기 손 잡고 얘기했다고 아빠한테 자랑이 한창이에요. 어깨까지 으쓱이면서. 자랑에는 참 나이도 때도 없는가 봐요.

하지만 이 일을 할머니가 아시면 어쨌거나 서운해하고 언짢아하실 거예요. 신앙 쪽에서는 누구보다 앞서간다고 여기시는 분인데 엄마한테 밀렸으니 말이에요.

D-DAY가 이틀 남았다.

큰외삼촌 수술 날짜예요.

"결과는 둘 중 하나입니다. 확실한 것은 수술 후에 알 수 있고요. 지금으로선 수술이 중요하고 어떤 상태든 치료 잘 받으시면 완치될 수 있습니다."

인상 좋은 의사였지만 그동안 물어본 것이 많다 보니 서둘러 말문을 막아버렸대요.

엄마와 외숙모는 항암치료보다는 방사선 치료로 그것도 짧은 시간이었으면 좋겠다고 하다가 아니야 수술이 우선인데 그것은 수술 끝난 다음 일인데 너무 성급해지는 것 아닌가 하며 급하게 두 손을 모았대요.

"하나님 믿습니다."

"기도에 응답 주심을 믿습니다."

외삼촌은 신문을 보고 있었는데요.

"의사가 뭐래?"

"전에 한 말 그대로예요. 조직을 떼어내 배양검사를 해봐야 정확히 알 수 있다고. 수술 3일 후쯤이 될 거래요."

"D-DAY가 또 한 번 남았군. 항암치료가 길어진다면 수술받지 않는 편이 더 나을 수도 있는데…."

여기서 편이 약간 갈렸다는데요. 수술 후에 항암치료가 길어지면 어쩌나 하면서. 외할아버지 때의 일이 생각나 그랬대요.

"또 그 소리야! 아버님 때하고는 다르다 하잖아요. 의학이 나날이 발전하는데 왜 자꾸 그때하고 비교해. 마음을 굳게 먹으라고요. 그리고 항암제인지 방사선인지는 결과도 안 나왔는데 하나님 믿는다고 하면서 웬 걱정이 그리 많아."

외숙모가 쏘아붙였다는데 엄마는 들으면서 아무 소리도 못 했대요. 외숙모 말이 다 맞아서. 그러나 동기간이다 보니 좀 야속하기는 했대요.

몸이 약해지다 보니 마음까지 약해져 그런 건데 속을 모르는 건 아니지만 자기도 있는데 그렇게 쏘아붙이자니.

그러면서 엄마도 반성 많이 했대요. 속이 찔렸다는데 엄마도 아빠한테 외숙모보다 더하면 더했지 못하지는 않잖아요.

"미안해서 그러지. 나 더 살겠다고 여러 사람 힘들게 할 필요 없잖아. 경제적으로도 그렇고."

"당신 나이가 몇이에요? 이제 쉰이잖아. 애들은 또 어떡하고? 어떻게든 살 궁리를 해야지 왜 그래요?"

모두가 한참을 울먹였대요. 작은외숙모도 있었는데 죽음이 멀리만 있는 것으로 느꼈는데 그게 아니구나, 아주 가까이 있을 수도 있구나 하는 생각이 북받치면서요.

큰외삼촌네는 동갑내기로 연애 결혼을 했대요. 중학교 때부터 아는 사이로 친구로 지내다 알게 모르게 연인이 됐고 결혼까지 하게 되었대요.

외가 쪽은요. 머리도 좋지만, 연애도 박사급들이에요. 우리 엄마도 그렇고 외삼촌들도 그렇고 큰이모도 늦었지만 그렇고.

서로가 동갑내기인 탓에 자주 다투기도 하고 여러 날 안보기도 했지만 화해해가면서 큰 문제 없이 지냈는데 결혼 문제에서 큰 난관에 부딪혔대요. 양쪽 집안의 반대가 심했는데 특히나 양쪽 어머니들 반대가 심했데요.

"언제 군대 갔다 와서 취직하고 기반 잡냐? 너하고 동갑이라면서. 무얼 믿고 기다릴 거야? 네 나이는 어떻고. 삶은 사랑만으로 살 수 있는 게 아니야."

"엄마가 이혼하고 혼자 산다며? 아무리 잘 키웠어도 엄마하고만 자란 딸이야."

서로 헤어지기로 했대요. 그런데 사랑에다 정까지든 사이다 보니 헤어지고 말고 할 단계를 이미 넘어선 상태였대요.

여기서 아빠가 등장하는데요. 해결사로서 큰 역할을 했다는데 아빠의 오지랖이 큰 힘을 발휘한 거죠. 사연이 참 많았대요.

그리고 몇 년 후에 외할아버지가 대장암으로 돌아가셨고요. 나 태어나기 훨씬 전이라 들어서 아는 거예요.

외할아버지의 암 수술이 잘됐다고 해 모두들 엄청 좋아했대요. 그리고 항암치료를 받아야 한다고 그러면 낫는다고 해 온 가족이 매달렸는데, 할아버지 고통 속에 고생만 하시다가 1년 만에 돌아가셨대요.

간병하느라 식구들 고생은 고생대로 했고, 할아버지도 항암제 후유증에 고통만 받으시다가 식사도 제대로 못 하고 다니시지도 못하고. 그때의 수술과 항암치료에 대한 후유증이 식구들 가슴에 못 박혀 암 수술 얘기만 나오면 그런 거래요.

아빠가 그러는데요. 아빠 제약회사 다니시잖아요 의사, 약사는 아니지만.

암은 보통 1기, 2지, 3기, 4기의 4단계로 구분하는데 1기 암은 완치되기 쉬우나 3기, 4기 쪽 암은 대부분 전이된 상태라 쉽지가 않대요. 4기는 길어야 1년이고.

외할아버지는 그때 3기를 넘어선 상태였는데 건강 체질이셨고 식구들이 모두 암에 대해 잘 모르는 상태라 그리 희망에 부풀었던 거래요.

암은 초기에 발견하면 더없이 좋은 데 쉽지가 않대요. 위를 제외하고는 대부분이 그때 통증을 느낄 수 없어 기능 이상에 의해 나중에서야 느낄 수 있는데 그때는 이미 암세포가 상당한 세력을 떨치고 있어 손쓰기가 어려워 늦은 거래요.

또 수술만으로 끝나지 않을 때는 방사선 치료나 항암제 치료로 이어지는데 항암 치료가 환자나 보호자에게 보통 일이 아니래요.

속이 뒤집혀 억지로 먹은 것까지 다 토해내고 약의 독성 때문에 식사를 잘 못 하게 되고 반복되면서 체중도 줄고 머리도 빠지며 면역력도 떨어지는데, 치료를 위해 항암제 투여는 계속되어야 하고 그러기 위해선 계속 잘 먹어 체력을 유지해야 하는데…. 항암치료가 그래서 감당하기 어렵고 무서운 거래요.

큰외삼촌은 체질이 외할아버지하고 달랐대요. 그래 대장암에 대해서는 별걱정을 안 하고 살았는데요.

얼마 전부터 피가 보이기 시작해 치질이려니 했는데, 치질은 외가 쪽 집안 내력이래요. 점점 정도가 심해져 겁도 나고 해 검사를 받아보았더니 대장암이였대요. 외할아버지 때처럼.

외가 쪽, 우리 쪽 어른들 한동안 대장암 검사받느라 야단들이었어요. 떡 본 김에 제사 지낸다나 뭐라나?

그런데요 할머니는 거의 정신이 나간 상태였어요. 나이도 있으신데다 할아버지 앞세우고 아들마저 같은 병으로 앞세울지 모른다 하니 그런거 같은데, 식사도 잘 못하고 큰외삼촌네와 우리 집을 왔다 갔다 하는데 하나님과 아멘 만 외치고 다니세요.

드디어 D-DAY 날.

할머니를 비롯해 엄마, 아빠, 외삼촌, 외숙모 모두 다른 수술은 빨리 끝나는 것이 좋으나 암 수술 만큼은 오래 할수록 좋은 거라 해 대기실에 앉아 오래 수술하게 해달라고 좋은 결과 주시라고 열심히 기도했대요.

역시 핏줄이 좋았대요.

그날 엄마 집에 와서는 때때로 이런저런 일로 티격태격하며 싸우기도 하고 기분 나쁘기도 한데 역시나 어려울 때 의지가 되는 것은 핏줄이더라고 열변을 토하며 형제간에 잘 지내라고 우애 있어야 한다고 하셨는데요.

나는 아직 어려서 그런지 재석이나 작은언니보다는 친구들이 훨씬 좋아요. 혜정이, 명혜, 주아, 혜린이 얼마나 좋은데요.

수술은 기도대로 오래 진행되었대요. 너무 오래다 보니 혹시나 하는 생각이 들기도 했지만, 하나님과 의사를 굳게 믿고 기다렸대요.

참으로 하나님 안 계셨으면 어쩔뻔했어요. 부처님도 계시고 알라신도 계시고 힌두신도 계시지만 말이에요.

국어 선생님이요 종교가 그런 이유로 생겨난 거라고 말씀해주기는 했는데 어렵기도 하고 무섭기도 하고 잘 모르겠어요. 나이 들면 알겠지요.

그리고 우리 할머니, 엄마, 큰언니, 큰외숙모에게는 하나님이 선택이 아닌 필수에요. 나하고 아빠는 깍두기고 작은언니는 잘 모르겠고.

"수술은 잘 되었습니다. 앞으로의 일은 검사 결과가 나오는 대로 알려드리는데 3일 후쯤 될 겁니다."

의사들이 그렇게 우러러 보인 것은 처음이었대요. 엄마 말씀이. 평상시에도 가볍게 보지는 않았지만 대단하게 보지도 않았기에.

"의사 자식 하나 있으면 얼마나 좋을까? 판사, 검사도 그렇고, 성직자도 예술가도 좋고 말이야."

그러면서 외숙모와 한참을 수다 떨었다는데 집에 와서도 좋을 거야, 좋을 텐데를 계속했어요.

참 못 말리는 우리 엄마지요. 재석이를 보나 나를 보나 그리고 배우자도 그렇지 상대가 있는 건데. 그러나 꿈꾸는 건 좋은 거지요. 내일 일은 알 수 없는 거니까.

그런데 그때 갑자기 외치는 소리가 들렸대요. 큰외삼촌이 마취가 깨면서 통증이 와 소리를 지른 건데 얘기들하고 있다가 깜짝 놀라 의사를 부르고 간호사 부르느라 야단법석을 떨기도 했대요.

"형님 수술이 잘됐다니 좋아요. 검사 결과도 좋았으면 좋겠어요. 항암치료 말고 방사선치료로 그것도 짧게."

외숙모가 엄마 손을 꼭 잡으며 그랬다는데 수술이 끝난 후 할머니

하고 작은외숙모는 아빠 편에 먼저 갔대요. 할머니도 계속 있겠다고 고집했는데 힘드시다고 나이가 있잖으냐고 앞으로도 많은 일 남았다고 달래 아빠 편에 가셨대요. 작은외숙모는 어린애들 때문에.

"꼭 그리될 거야 올케. 하나님이 해주실 거야. 믿습니다."

두 번째 D-DAY는 너무 더디었대요. 걱정도 많이 되고. 외할아버지 때의 일도 있고 해서 몇 갑절 이었대요.

큰외삼촌은 외숙모 때문인지는 몰라도 별 내색이 없었다는데 할머니와 엄마는 항암제 치료면 초상 날 분위기였어요. 그러나 수술을 안 받을 수는 없는 거고 의학지식도 항암제 치료법도 그때보다 상당히 발전되어 있었기에 믿고 기다릴 수밖에 없는 거였데요.

외숙모는 그날요. 병원에 있을 수 없다며 교회로 갔대요. 병실은 할머니와 엄마에게 맡기고 지금부터가 시작인데 이러면 안 되는데 아는데도 어쩔 수가 없다 했대요.

할머니도 오시지 말라 했는데 어쨌거나 빨리 듣겠다고 또 함께 모여 기도하는 것이 좋다며 고집을 꺾지 않으셨대요.

"상혁 엄마야, 상혁 아빠 방사선 치료받으면 된대. 그러면 완치된대. 내가 그랬잖아. 하나님께서 해주실 거라고. 여기는 벌써 다 나은 분위기야. 빨리 와."

"하나님 고맙습니다. 형님, 고마워요."

상혁이는 외삼촌 큰아들 이름이에요.

큰외숙모는 좋아 어쩔 줄 모르며 계속 흐느껴 우셨대요.

─우리가 환난 중에도 기뻐함은 환난은 인내를 인내는 연단을 연단은 소망을…
─나의 힘이 되신 주여, 내가 주를 의지하오니…

할머니가 자주 애용하는 성경 구절이에요. 나도 그래서 외우게 되었고 식구들도 아마 다 그럴 거예요.

우리 할머니 기도발 엄청 쎄세요. 이런 말 하면 혼나는데 어쨌든 효험 많이 봤대요. 할머니는 그래 기도가 만병통치약이고 만사 해결책이에요. 아마도 하나님도 인정하실 거예요.

그런데 큰외삼촌이 있잖아요. 목사님 되려고 했대요. 아프시고 난 뒤였는데, 할머니가 적극 지지했고 주위에서도 많이 응원했데요. 아빠하고도 많은 얘기 나누었고.

그래서 신학대학도 알아보고 여러 목회자를 만나 상담하고 얘기도 나누면서 마음을 굳혀가고 있었는데, 어느 날 뜻하지 않게 한 목사님을 만나 이러저러한 얘기들을 듣게 되면서….

"목사의 삶은 예수를 닮아야 합니다. 예수의 삶은 말구유에서 시작해 십자가로 끝나는데 말구유는 낮춤이요 십자가는 희생입니다. 낮춤의 삶과 희생의 삶 그 자체입니다. 어렵습니다. 힘든 삶입니다. 늘 뼈를 깎는 기도와 뒤돌아보고 반성하며 회개하는 기도가 있어야 하고요."

"종교는 형용사이어야지 명사여서는 안 됩니다. 명사는 굳어집니다. 종교는 형용사로써 특히나 개신교는 더욱 유연하고 넓어져야 합니다. 큰 포용력을 가져야 합니다. 벽을 만들어서는 안 됩니다."

목사님과 대화하면서 외삼촌은 많은 생각이 오갔고 가슴이 뻥 뚫림과 시원함도 느꼈고 약간의 답답함도 밀려왔대요.

그리고 여러 날 많은 자문자답이 이어졌는데, 자신의 목사 삶은 어떨까? 지금 목사들의 삶은 어떤가? 참되다 할 수 있나? 개신교 교회 너무도 많고 여기저기서 손가락질도 많이 받는데 숟가락 하나 더 얹는 건 아닐까? 잘 할 수 있을까?

단순히 먹고사는 문제가 아닌데? 타고남이 우선 아닐까? 의지나 노력으로도 되는 걸까? 난 가능할까?

서서히 좌표가 보이더래요. 그러면서 이것은 아니다. 능력 밖이다. 내 길이 아니다. 그냥 신도로 남는 것이 본분이라는 결론에 도달하게 되었대요.

엄마, 아빠하고 술 한잔하며 나눈 이야기래요.

"우리 삶은 육체적으로 나날이 죽잖아. 정신적으로도 날마다 죽어 자신을 죽여 예수 십자가를 짊어지고 살아야 하는데, 신도의 삶도 그래야 하는데 목회자의 삶은 얼마나 치열해야겠어."

엄마, 아빠도 가슴이 뜨끔했대요. 나날이 죽어 예수 십자가를 지고 살아야 한다는 그 말씀에.

큰외삼촌네는 물론 엄마, 아빠도 지금 그 교회 다니는데요. 엄청나게 좋아하세요. 할머니도 가고 싶은데 다니던 교회가 오래다 보니 목사님 보기가 좀 그렇대요.

목사님 칭찬이 이어졌는데요. 그 목사님 지금 63세인데 은퇴 준비 하신대요. 개척교회로 자신이 일군 교회인데도 65세가 되면 목회자 는 물론 장로들도 그 직에서 물러나 후배들에게 길 터주어야 한다 고, 새롭게 가게 해야 한다고 그러신대요.

신도들도 꽤 많은데 안 많을 수가 없겠죠. 교회도 그냥 크기만 하 고 신축을 안 했대요.

요즘 잘 나간다는 교회들 건물 엄청나게 크고 화려하던데. 서로 규 모 자랑하며 경쟁하듯이. 아빠가 그랬는데요.

"지도층이라는 사람은 입으로만 살아서는 안 돼. 행동이나 집안이 모범까지는 아니더라도 말과 같이는 가야 해. 그런데 우리나라는 아 닌 사람들이 너무도 많아. 정치인이건 고위공직자건 교수건 목사건 간에, 힘 좀 쌓였다 하면 권력 앞세워 행실은 뒷전이고 엉망이야. 말 만 번지르르하고. 차라리 은퇴를 하지. 추한 줄도 모르고. 한걸음 물 러서 보면 다 보이는데 말이야."

우리 아빠 시사평론가 다 됐어요.

4

아빠의 소싯적 무용담이 이어지는데요. 집안에 큰 평지풍파를 일으키고 엄마로부터 나대지마씨 나대지마 라는 별명을 얻게 된, 아빠의 훈장 같은 이야기로 내가 태어나기 훨씬 전인 둘째 언니가 3살 때인가에 일어났던 일이에요.

친할머니, 외할머니, 큰아빠, 큰외삼촌들을 여러 번 불러 모으고 엄마와 외할머니의 또 다른 무용담을 만들게 한 흥미진진한 이야기이기도 한데요.

오늘도 아침부터 꽤 바쁘다. 거래처도 몇 곳 더 가봐야 하고 얼마 전에 세상 떠난 동창 친구를 도울 일로 동창회장도 만나야 하고 해병 전우회 사무실도 가봐야 하고…

엄마는 돈도 안 되고 생색도 별로 안 나는 그런 일에 왜 그리 나서 일 만들고 바쁘냐고, 차라리 시의원이나 하라고 야단이었대요.

아빠는 알겠다고 대답은 시원하게 하면서 이래도 한 세상 저래도 한세상인데 남에게 크든 작든 도움 주며 사는 일이 얼마나 좋으냐고 보람이라고 본인 돈도 써가며 이따금 사고도 쳐가며 그랬대요.

그러니 회사 일에 이런저런 참견에, 영업직으로 음주가무까지 하루 24시간이 부족했대요. 또 소양인이다 보니 오죽했겠어요.

엄마는 당연히 싫었겠지요. 그러나 싫지만도 않았으니 자식을 4명이나 낳으면서 살았겠지 아니었으면 벌써….

엄마는 요즘도 가끔씩

"살다 보면 남자들 다 거기서 거기야. 별거 없어."

참고 살라는 이야기인데 국어 선생님도 비슷한 얘기 했어요.

"삶이란 늘 오르막이 있고 내리막이 있어. 사람도 마찬가지고. 좋은 일에 궂은일 있고 슬픈 일 있으면 반드시 기쁜 일이 와. 참고 애쓰면 되는 거야."

그래서요 아빠는 차의 속력을 올리며 달리려는데, 맞은편 봉고차 운전이 이상하다 싶더니 아니나 다를까 순식간에 중앙선을 넘어오면서 이쪽 차를 들이박더래요.

아차 하는 순간이었는데 졸음운전 같았대요.

아빠는 차선 변경을 하려고 이쪽저쪽을 살피다 보게 돼 있고. 즉시 차를 길가 옆에다 세웠대요. 다른 차들은 멈칫멈칫하다 그냥들 가버렸는데 으레 그랬기에 별 신경도 안 쓰고 사고 차량으로 갔대요.

도움 주어야 할 곳이라 생각되면 늘 머리보다 몸이 앞서가는 아빠였기에 당연한 거였는데 출근 시간을 한참 지난 시간이었고 큰 도로도 아니었기에 차들은 크게 붐비지 않았대요.

다가가 들여다보았는데 받힌 승용차는 외형상으로도 많이 부서져 있고 운전석에 있는 사람은 피도 흘리며 끙끙 앓는 것이 상당히 다친 것 같았대요. 옆 사람도 여기저기 찰과상을 입은 듯했고, 봉고차 운전자는 다리만 절룩이고 있었대요.

아빠는 두리번거리며 공중전화를 찾았는데, 순간 이럴 때 핸드폰이 있었으면 얼마나 좋을까 하는 생각이 스쳤으나 늘 못 박는 엄마의 잔소리에 이내 묻혀 버리고 말았대요.

"그 비싼 핸드폰이 뭘 필요해? 삐삐만 있으면 됐지. 사업하는 것도 아니고 영업부 대리가."

그 당시는 핸드폰이 꽤 비쌌대요. 귀하기도 했고. 자가용도 흔한 시대가 아니었는데, 아빠는 회사 차를 싸게 할부로 살 수 있었대요. 회사에서 차를 처분했는데 싸게 영업부에 우선적으로 배정했대요. 회사 일과 출퇴근에 쓰라고 하면서 기름값도 보조해주고.

엄마의 잔소리 없이 자가용이 생긴 건데 비록 중고차였지만 엄마도 꽤 좋아했대요. 할머니도 모시고 다니고 엄마, 언니들도 타고 다니면서요.

"그 누구를 탓하랴. 다 나 못난 탓이지. 돈도 못 버는 주제에."

혼자 신세타령하면서 공중전화나 찾아 신고나 해야겠다 하고 가려는데, 그 순간 또 한 번 운명의 여신이 아빠를 흔들어 버렸대요.

받힌 승용차 운전자가 피 묻은 손을 내저으며 모기만 한 목소리로

"살려주세요. 살려주세요."

하는데 당황스러우면서 많은 생각이 스쳤대요.

신고를 한 후에 구급차가 와서 병원까지 가려면 상당한 시간이 걸릴 텐데… 그사이 죽기라도 하면 어쩌나? 그냥 내 차에다 싣고 병원으로 가는 게 빠르지 않을까?

아니, 교통사고 환자는 잘못 건드리면 하반신 마비가 될 수도 있다는데 보호 장구도 없이 무리가 아닐까? 그렇다고 피도 흘리고 살려 달라고 간청하는데 그냥 갈 수가 있나?

당시는 119 응급 소방 같은 것이 없을 때였대요.

아빠는 그런데 자신도 모르게 어느새 그에게 다가가 있고

"끌어내면 나올 수는 있겠어요?"

묻게 되었는데 그는 상당히 괴로운 듯 찡그리면서 그렇다고 하더래요.

"피도 나는 것 같은데, 목은 괜찮아요?"

하반신은 목과 연결되어 있다고 들은 기억이 나 혹시나 해 또 물었다는데요.

그분은 힘없이 고개만 끄덕였고 아빠는 조금 다친 옆자리에 있던 사람과 함께 그 환자를 끌어내 아빠 차에 태웠데요. 예전 일은 까맣게 잊은 채 그리고는 봉고차 운전자에게 다가가

"저 사람이 피도 나고 지체하면 안 될 것 같아 내 차에 태워 병원으로 갑니다. 곧 경찰이 올 테니 그쪽은 좀 기다리고 있어요. 크게 다친 데는 없지요?"

봉고차 운전자는 고개만 끄덕였는데 충격이 큰 것 같았대요.

병원으로 달렸대요. 얼떨결에 생각지도 않던 일까지 하게 된 거였는데, 피를 보면 흥분한다고 피도 묻고 스며 나오는 것도 보고 한 탓인지 아빠 약간은 제정신이 아니었대요.

거기다가 뒤에 환자는 계속 신음소리를 내며 아파하고, 동료도 자기도 아픈 탓에 약한 목소리로 달래고 하다 보니 생각 없이 액셀을 마구 밟았대요.

차는 중고였지만 늘 닦고 관리한 탓에 잘 달렸는데 그만 커브 길에 들어서 속력을 줄였어야 하는데, 평상시 같았으면 그랬는데 빨리 가야 한다는 조바심에 생각이 마비되어서인지 속력을 줄이지 못했대요.

그런 데다 뒤에 있는 환자가 지탱력이 없어 한쪽으로 더 쏠리다 보니 차가 그만 한쪽으로 기울면서 옆의 비탈길로 굴러버렸대요.

아차 하는 순간이었는데 차는 한두 바퀴 구른 것 같았고 높지 않은 비탈길인 것이 천만다행이었대요. 아빠와 옆 사람은 별로 다치지 않았는데 뒤에 피 흘리던 환자는 신음소리가 꽤 컸대요.

그 사람은 두 번씩이나 교통사고를 당한 거예요.

아빠는 빨리 수습해야 한다는 생각에 급히 움직였는데 무슨 조화인지 차 문이 열리지를 않았대요. 문 두 짝이 다 고랑에 걸려서. 일이 이상스레 자꾸 꼬이고 있었대요.

"도와주세요. 사람 살려."

2명의 환자가 3명의 환자가 되어 구급차 타고 병원으로 가는 상황이 되고 말았대요.

참 묘한 일이다. 달리 설명할 말이 없다. 온통 뭐에 씐 것만 같은 것이.

아빠는 몇 군데 사진을 찍고는 병실로 올라왔는데 엄마와 그 환자의 얼굴이 눈에서 떠나지를 않더래요.

어찌 됐을까? 심상치 않아 보이던데. 좋은 일 하려다 또 뺨 맞는 건 아닐까? 아내한테 알려야 하나, 어쩌나? 아내 모르게 해결할 수 있을까. 또 전처럼 되는 것 아닌가?

모든 것이 그저 답답하기만 하고 난감했대요.

또 나서 가지고 이런 일이…. 이놈의 성격 참….

아빠는요. 많지 않은 봉급 엄마에게 갖다주면서, 수시로 봉사 하네 뭐 하네 하며 돈을 가져다 썼대요. 그러니 그 돈으로 생활을 꾸려 간다는 것은 언감생심 말도 안 되는 소리였고.

엄마의 경제적 보탬이 있었기에 가능한 거였대요. 거기에 타의라지만 술도 자주하고 이따금 이런저런 사건도 터트리니 엄마에게 꼼짝 못 하고 예스, 예스하는 것들 다 이해가 돼요.

지난 사고 때도 그랬대요.

의협심에 그냥 소리만 지르며 따라가도 되는데, 굳이 범인을 잡겠다고 무슨 의리의 사나이라고 기를 쓰고 달려가 덮치는 바람에 사단이 난 거래요.

그날은 그러니까 아빠 차에 문제가 생겨 회사 근처 정비소에 차를 맡기고는 대중교통으로 퇴근을 하는데

"소매치기다! 소매치기 잡아라."

여자의 고함소리가 들렸대요. 그리고는 한 놈이 쏜살같이 도망치는데 순간 저놈이구나 하는 생각이 들었고 그냥 생각 없이 마구 뒤쫓았대요. 타고난 성격 어쩔 수가 없는 거죠.

그런데 그냥 소리만 지르며 달려가든가 아니면 어느 정도 따라가다 멈췄어도 되는데, 굳이 잡겠다고 달려들다 보니 그 녀석이 순간 칼을 뽑아 들어 아빠 허벅지를 찌르게 된 거래요.

훔친 가방은 되찾았으나 아빠는 한동안 병원 신세를 졌고 경찰 조사를 받았고 병원비도 직접 내면서 회사 출근도 못 했대요. 경제적 부담에다 신체적 고통에 사장님 눈치, 엄마 눈치까지 퍽 고달팠대요. 얻은 것은 그저 감사하다는 말뿐이고.

그런데 그런 일이 또 일어날 것 같은 싸한 느낌이 스멀스멀 피어나더래요. 말할 수 없는 고통과 눈치 속에 보낸 지난날들이었다는데.

집에 연락할 거냐 말 거냐 결정하기가 쉽지 않았대요. 그러다 별일 아닌데 괜히 긁어 부스럼 만들 필요가 있나 싶어 잠이나 한숨 자기로 했대요.

아빠는요. 골치 아플 때는 잠자는 게 최고라고 그게 삶의 철학이라고 하는데요. 걱정한다고 걱정이 사라지면 걱정이 아니라는 외국 속담도 있고, 이 또한 지나가리라 어떡하든 결말은 난다. 그게 해답인

거래요.

요즘도 골치 아플 때는 그리한대요.

기분 좋게 한숨 자고 났는데 간호사가 들어왔대요. 궁금한 게 많았기에 두서없이 물었는데

"그 환자 어찌 됐어요, 교통사고 환자?"

"두 번 사고 당하신 분 말이에요. 그 환자 지금 중환자실에 있어요. 급한 수술은 막 끝냈고 몇 번 더 수술 받아야 한대요."

느낌이 없었던 것은 아니나 막상 그렇다고 하니 감당하기가 어려웠대요.

괜히 나서서 또….

후회와 아쉬움이 밀물처럼 밀려오는데 이것 또한 그와 나의 운명, 얄궂은 운명 아닐까 하는 생각도 들었대요.

옷가지를 주섬주섬 챙기며 간호사에게.

"나 퇴원할게요. 크게 다친 데도 없는 것 같은데."

하는데 말이 채 끝나기도 전에

"크게 다치신 데는 없는데 퇴원은 좀 있다 하셔야 할 거예요. 경찰서에서 나온대요. 조사 때문에."

"조사라니요?"

"잘은 모르겠는데 먼저 사고 차 운전자가 자기가 사고 냈을 때는 그 사람 크게 다치지 않았다고, 후에 사고 나서 그런 거라고 조사해야 한다고 그런데요."

일이 꼬여만 가는 것이 찜찜하더니만 예전과 같은 상황이 되어 가고 있더래요.

"나는 단지 도와주려 했던 일인데…."

"그렇더라도 과실치상이 될 수 있대요. 병원비도 별도로 계산하셔야 하고."

아빠는 더 이상 아무 소리도 들리지 않았고 아무것도 보이지 않았대요. 그저 엄마의 상기된 얼굴만 나타났다 사라지며 식은땀만 줄줄 흘렀대요.

이때부터 나대지마씨 나대지마가 아빠의 별명이 되었고, 또 또 또와 정의의 돈 쓰는 기사도 이따금 쓰였는데 다 엄마의 작품이에요. 요즘도 엄마는 전날 꿈자리가 이상한 날에는 반드시 아빠에게 한마디 하면서 그래요.

"나대지마씨, 오늘 나대지마."

그리고요. 그때 엄마와 외할머니의 무용담도 생겨났는데 옆집 아줌마의 동생 힘도 크게 쓰였고 그분이 검사였대요. 아빠 친구분인 형사 아저씨의 도움과 아빠 회사 동료들 진정서 그리고 두 모녀분의 타고난 언변, 민첩성 등이 도움이 되어 잘 해결되었대요. 아니면 아빠 큰 고생 했을 거래요.

그 아저씨, 교통사고 환자분 결국은 돌아가셨대요. 그분 팔자도 염라대왕 족보지만 참 그렇지요.

요즘은 아빠 그런 사고는 안 치는데요 나이 탓일 거래요. 성격이 변한 게 아니고. 그리고 다른 사고를 치는데요 카드 사고에요. 엄마가 넘어지기는 마찬가지예요.

카드를 크게 꺾는 사고인데 경조사라든가 친구, 동료와의 술값 등에 엄마의 예상 범위를 훨씬 넘는 어마 무시한 금액을, 엄마 말씀이에요 쓰고 와서는 기분 좋다. 한 건 했다. 한 방에 보냈다 하는 거래요. 큰소리치면서.

당연히 엄마의 무서운 잔소리가 이어지고 이따금 두 분의 다툼이 일어나기도 하는데, 다음날에는 어김없이 꽃 한 다발과 詩 한 편이 거실에 등장해요. 이런 거예요.

동백(冬栢)은 활짝 피지 않고
떨어지는데

더 이쁠 수 있는데도
그분을 만났기에

있는 힘껏 버텼습니다

떨어져서도 그 모습
다할 때까지

있는 그대로

당신만을 사랑합니다.

그 밑에 그리고 '김재성 상무 어부인 님께 몸 바쳐 드립니다.'라고
쓰여 있어요.

동백(冬栢)의 꽃말이 '당신만을 사랑합니다.'래요.

아빠 참 머리 좋죠. 엄마는 계속 궁시렁 궁시렁 하는데 그래도 싫지
는 않은가 봐요. 꽃다발이 계속 있는 걸 보면요.

아빠 상무님이에요. 제약회사 다니는데 30여 년 다니셨고 첫 직장
이었대요. 가끔 술 취하면 자기가 회사 키웠다고 자기 없으면 회사
안 돌아간다고 큰소리치시는데 사장님이 아시면 큰일 날 소리죠.

그런데 이 시요. 어렸을 때는 아빠가 직접 쓴 줄 알았어요. 그러다
의아한 생각이 들어 어느 날 작은언니한테 물었더니

"아빠가 시를 써, 이 바보야. 아빠 친구분 중에 시 쓰는 분이 계셔.
그분 책에서 베낀 거야. 아빠가 어떻게 시를 쓰니?"

아빠가 그분 책이 나오면 많이 사서 주위 분들에게 마음을 닦아, 마
음 닦으면서 살아 하면서 선물한대요.

그렇죠. 글 쓰는 거 아빠 취향 아니죠. 사서 선물하는 게 아빠 적성
이죠. 딱인데, 나도 아는 건데 그때는 나이도 어리고 생각도 어리고
느낌도 어리다 보니 그랬네요.

5

막내 삼촌이 있는데요 김재영 氏라고. 막내지만 나이는 꽤 있는데 아직 장가 전이라 그냥 삼촌이라 부르고 있어요. 큰아빠도 있고 고모도 있는데 고모는 미국에 살아요.

할아버지는 옛날에 돌아가셨어요. 큰언니 어렸을 때 나 태어나기 훨씬 전이죠. 할머니도 돌아가셨는데 할머니는 왕할머니 소리는 듣고 가셨어요. 큰언니가 일찍 결혼해 아들이 있었기에.

큰언니는 일찍 시집간 탓에 여러 사람에게 효도한다고 자랑인데 일찍 결혼하는 게 효도라면 나도 일찍 할 수 있는데 말이에요.

아빠도 일찍 결혼했어요. 엄마도 마찬가지고. 큰아빠네 오빠, 언니도 있는데 이제서 대학생이에요.

큰아빠는 아빠보다 결혼이 많이 늦었다는데 큰아빠가 늦었기보다는 아빠가 아주 빠른 거예요. 아빠가 사고 쳤대요.

아빠는 연년생인데 뭘 그래? 하는데, 비밀을 얘기하자면 큰언니 때문이에요.

아빠가 회사 입사하고 얼마 안 있다가 업무 관계로 엄마를 만나게

되었는데 연애하고 사랑하다 그만 일이 터져 버렸대요. 많이들 좋아
했나 봐요.

엄마는 아빠 문제로 화날 때 이따금씩

"그때 차버렸어야 했는데 마음이 너무 넓어서…."

하는데 좌우간 알콩달콩한 부부예요.

그런데 막내삼촌은 아빠 과가 아닌가 봐요. 같은 핏줄인데 달라도
너무 다른 것이, 아빠 말씀이 생각이 너무 많대요.

"김 과장님 퇴근 안 하세요?"

사무실 사람들이 썰물처럼 빠져나가는데 삼촌은 딱히 밀린 일이
있는 것도 아니고 시간약속이 있는 것도 아닌데 의자에서 몸이 떨어
지지 않는대요.

"불 꺼진 집에 일찍 가봐야 그렇고. 마땅히 갈만한 곳도 없고."

아빠한테 그랬대요. 요즘 들어 더하다고 여러 가지로 눈치가 보인
다고. 얼마 전까지만 해도 갈 곳도 많고 할 일도 많아 퇴근 시간 끝
나기 무섭게 빨리 빨리가 일상이었는데 하면서요.

막내 삼촌은 그런데 요즘은 적지 않은 나이의, 원래 비혼주의자 독
신주의자는 아니었는데 어찌하다 보니 세월이 흘러 40대 중반의 노
총각이 돼 버렸어요.

대학을 마치고 직장생활을 하면서는 소개도 많았대요. 그러나 경
제적 여유가 없는 상태에서 조그만 집이라도 마련이 안 된 상태에서

는 결혼하고 싶지가 않았대요.

그렇다고 어렵게 공부 시켜 준 부모님께 기댈 수도 없는 일이고. 자식들과 살기 바쁜 형들에게 손 내미는 것은 더더욱 있을 수 없는 일이고 자기 주제에 아내 될 사람이 집 장만해 오는 것은 말도 안 되는 소리인데, 맞벌이 생활은 삼촌 자신이 탐탁지가 않았대요.

삼촌이 나이에 비해 유난히도 집에 집착하게 된 것은 얹혀살던 형님들이 집 없는 설움을 너무도 실감 나게 느꼈기 때문인데요. 피부로 느끼는 것과 입으로 듣는 것은 하늘과 땅 만큼의 차이래요.

큰아빠도 우리 아빠도 한동안은 남의 집 살이 했대요. 할아버지는 시골에 사셨는데 할아버지 돌아가신 다음에 재산 정리해서 할머니가 큰아빠네로 옮기셨대요.

삼촌은 열심히 저축했대요. 월급쟁이도 총각 생활하면서 돈 모으기가 쉽지 않았는데 나름 부지런을 떨어 시간이 꽤 흐른 후에 조그만 집을 장만했대요.

독신의 즐거움 또한 꽤 누렸대요. 하고 싶은 일도 많았기에 경제적 여유 속에 구속 없이 취미생활을 하고 싶어 집 장만한다는 핑계로 그리 오랫동안 혼자 생활을 할 수 있었던 거래요.

삼촌 진짜 하는 일 많아요. 산에도 다니죠. 스키도 타고 스쿠버도 하죠. 사진도 찍고 그림도 그리죠. 장비 마련만 해도 적지 않은 돈 들어갔을 거예요.

그러다 이제 집 장만도 됐겠다. 나름 취미 생활도 즐겼겠다. 결혼하자 그랬는데 쉽지가 않았대요. 세상일 뜻대로 되는 거 아니잖아요. 아빠가 그러는데 사는 게 만만치 않은 거래요.

소개팅을 꽤 했는데요. 삼촌이 좋다 하면 저쪽에서 아니다 하고 저쪽에서 좋다하면 삼촌이 탐탁지 않고 하는게, 서로가 나이가 있다 보니 타오르는 것은 크게 없는데 따지는 것은 많다 보니 맞추기가 어려웠대요.

아하, 그래서 결혼은 어릴 때 해야 하는구나! 세상 물정 모를 때 타오르는 마음으로.

새삼 느꼈대요. 큰언니 생각도 나면서요.

노총각으로 그냥 있기로 했대요. 연분이 있으면 나타나겠지 하면서. 마냥 끌려다니고 싶지도 않았고 또 오래 혼자 지내다 보니 결혼이라는 것이 결혼 이후의 상황이 좀 두렵기도 했대요.

아빠가 전해준 이야기인데 삼촌 결혼 문제로 아빠 고민이 이만저만 아니었어요.

"여자는 몰라도 남자는 결혼을 해야 해. 혼자서 살기 힘들어. 과부는 쌀이 서말이고 홀아비는 이가 서말이라는 말이 괜히 있겠냐고."

걱정이 술잔과 함께 이어지곤 했는데 누구를 닮아 그런지 모르겠다고 화도 내시며 그랬어요.

그런 걸 보면 우리 집은 참 일찍 파에요. 엄마, 아빠도 그렇고 큰언니도 그렇고 핏줄 어디 가겠어요. 작은언니가 조금 문제일 것 같은데 재석이는 지금 꼴을 보면 일찍 갈 것 같아요. 엄마, 아빠도 크게 반길 것 같고요.

삼촌은 다시 취미생활에 묻혔대요. 경제적으로 더 여유 있고 주위 압력에서도 벗어나 한결 부담 없는 나날이었대요.

"김 사장, 오늘 거기서 보자."

그런데 점점 어울리던 사람들이 빠져나갔대요.

"아내 때문에…"

"요즘 매출이 좋지 않아서…."

삼촌은 얽매여 사는 그들이 삶에 끌려가는 그들이 바보스럽고 안타깝기까지 했대요. 자신의 삶이 너무도 멋져 보이고 튀어 보이기도 하면서.

그런데 언제부턴가 이것저것들이 다 시들하고 귀찮아지면서, 전에는 즐거움에 달려들고 몰두하던 그 일들이었는데 점점 재미도 없고 보람도 없는게 답답하기도 하고 그랬대요.

자신도 꽤나 이상스러웠대요.

그리고 또 변하고 있는 것이 있었는데 전에는 생각지도 못한 아이들이 그리 귀엽고 이쁘고 그렇대요.

아빠가 삼촌과 술 한잔하며 들은 이야기인데 아빠도 깜짝 놀랐대요. 나도 깜짝 놀랐어요. 삼촌이 변한 것 때문이 아니라 삼촌의 그 말 때문인데요.

"아빠, 애들이 귀여워? 얼마나 귀찮고 성가신데."

"너도 크면 알게 돼. 어른이 되면."

나는 그래서 아빠에게 나이 드는 거 싫다고 했어요.

별로 좋아 보이지 않는 고생스러운 것들이 나이라는 것과 함께 온다니 싫었어요. 그러나 고등학생은 빨리 벗어나고 싶어요.

공부가 별로거든요. 대학도 공부 안 하는 데로 갈 거예요. 엄마가 그런 곳이 어디 있냐고 하는 데 있어요. 엄마하고 한바탕할 수는 있겠지만 말이에요.

이야기가 딴 곳으로 빠졌는데 그러던 어느 날이래요. 막내 삼촌이 대학 동창들과 술자리를 하게 되었는데 한 친구가, 얼마 전에 결혼한 친구래요. 아이를 낳았다고 하면서

"나와 아내가 언제 그렇게 자신과 닮은 눈 그리고 코 그리고 입까지 그려 그렇게 만들었는지 볼수록 신기하고 놀라워. 아내도 고맙고 말이야."

한바탕 자랑이 늘어졌다는데 삼촌은 부럽기도 하고 신기하기도 하고 그랬대요.

그런데 내가 보기에도 보통 신기한 게 아니에요. 얼굴만 닮는 게 아니라 성격까지 닮잖아요.

우리 집도, 큰언니는 얼굴은 아빠고 성격은 엄마인데 작은언니는 얼굴도 성격도 다 엄마예요. 나는 섞인 얼굴에 성격은 아빠고요. 얼굴은 그래 큰언니가 제일 예쁘고 그다음이 나인데 작은언니가 자기가 낫대요. 화장발인데 완전히 웃겨요.

아빠가 잘생겼어요. 엄마가 그래서 끌렸나 봐요.

재석이는 아직 어려 잘 모르겠는데 성격은 아빠 닮은 것 같아요. 사고 치는 것이 그렇잖아요. 엄마는 그래도 늘 좋대요. 아빠한테는 "또 또 또. 이 웬수야." 하면서 말이에요.

"김 과장. 어디 갔었니? 금요일에 전화했더니 휴가라 그러데."

"월차 등등해서 5일간 해외여행 다녀왔다."

삼촌 대학 친구인 찬규 아저씨인데요.

"승철이가 집들이한다고 해서 같이 가려고 전화했었어. 네 팔자가 상팔자다. 답답하면 휑하니 여행씩이나 다녀오고. 나는 처자식에게 매여서…."

삼촌은 그러나 당혹스러웠대요. 자신의 요즘 심정을 꿰뚫어 보고 빈정대느라 그런 건지, 진짜 부러워서 그런 건지 느낌이 안 왔기에.

"부러움이야, 하소연이야. 임마?"

"하소연이지. 내가 자식들만 없다면 왜 이 고생을 해가며 살겠냐? 즐겁지 않은 직장 다니며 가보고 싶은 해외여행 한번 못 가고, 술 한 번 신나게 마셔보지도 못하고, 노후 대비는커녕 자식들 교육하랴 시집·장가 보내랴 앞으로도 계속 허리 펴기 힘들 테니, 네 팔자가 상팔자지 뭐냐? 임마."

그 아저씨는 결혼도 일러서 지금 딸이 고등학생이고 아들이 중학생인데, 큰 애 중학교 때부터 애들 교육비 타령해가며 술자리에는 늘 입만 달고 나오던 친구였대요. 삼촌이 술 많이 사줬대요. 애들한테도 선물 자주 했고. 꽤 친한 사이래요.

"나는 말이다. 자식들만 아니면 지금이라도 당장 퇴직금에 집 판 돈 합쳐서 이 서울 뜰 거다. 이 답답하고 지겨운 서울말이다. 제주도에 가서 몇 년, 지리산에서 몇 년, 부산에서 몇 년. 세계여행도 틈틈이 하며 얼마나 좋으냐? 느낀 것 많으면 책도 좀 써보고. 멋진 삶 아니냐? 나는 불가능하지만 너는 가능하잖아."

삼촌은 절로 쓴웃음이 나왔대요. 본인은 지금 자신의 삶을 후회하고 있는데 결혼한 친구들은 이처럼 자신의 삶을 부러워도 하고 있으니, 헷갈리기도 하고 묘하기도 해 그랬대요.

처한 상황에 따라 느낌이 다르구나. 인간은 영원한 갈대라고 하더니만….

그러며 결혼에 대해 결혼 상대에 대해 또 상상의 나래를 펴며 빠져들기 시작했대요.

돈 드는 일도 아닌데 뭐? 시간도 잘 가고 노총각의 특권 아니겠어?

근래에 들어 종종 있는 일인데 나름 그렇게 위안 삼고 있대요.

"비슷한 연령대가 맞는 것 같애. 나이 차가 너무 나서는 힘들 거야. 함께 인생을 논하며 즐길 수 있는 여자가 좋을 것 같은데 그런 여성이 있을까? 만날 수는 있나? 자식은 포기하는 게 낫겠지. 부부끼리 오붓하게 즐기며 행복하게 살아야지."

친구들과 술 한잔하며 이따금 나누던 이야기이고 아빠한테도 전에 한 이야기라는데요.

요즘은 그렇게 상상의 나래만 펴고 있대요. 삼촌이 나이가 있어 직접 나서기도 어렵고 주위에서 소개해주는 이도 없다보니요.

하늘을 봐야 달을 따든 말든 할 텐데, 공허한 메아리만 울리고 있는 거죠.

외할머니가 결혼 문제에 대해 늘 하는 말씀인데요.

"결혼은 의지가 아니라 연분이야. 하고 싶다고 하겠다고 마음먹어 되는 게 아니고 하늘에서 맺어주는 인연이 있어야 하는 거야. 인연이 아니기에 중간에 깨지는 사람도 있고 연분이기에 다시 만나 잘 살기도 하는 거고, 일찍 가는 사람도 있고 늦게 가게 되는 사람도 있고 돌싱으로 사는 사람도 있고."

요즘은 그래 이혼하는 사람들 재혼하는 사람들이 많대요. 이혼은 흠이 아니라고 연분이 아닌 거기에 억지 인연을 만났기에 그런 거라고 하면서요.

"그래서 결혼은 재촉해봐야 소용없어. 연분 따라가는 거기에 인연이 닿아야 해. 그러나 사과나무 밑에서 마냥 기다린다고 사과가 입으로 안 들어오듯이 노력은 꼭 해야 해. 인연을 찾아야 하니까."

엄마도 한 똑똑 하는데 할머니는 더해요. 몸도 조그마한 분이 아는 것도 많고 몸도 빠르고. 할머니와 엄마 그리고 작은언니는 그런면에선 같은 과예요. 얼굴도 그렇고.

"김 과장, 내일 저녁에 우리 집으로 와. 5시쯤이 좋을 것 같은데."

찬규 아저씨였는데 한동안 뜸하더니 어느 날 전화가 왔대요.

"무슨 일인데?"

"저녁이나 같이 먹자고. 혼자 사는 놈, 형님이 몸보신시켜야지 누가 해주겠냐?"

삼촌이 예전에는 이 아저씨 집에 자주도 놀러 갔었는데, 언제부턴가 괜히 초라해 보이는 것 같아 의식적으로 피했대요.

다 큰 자식들에 아내와 둘러앉아 있는 그가 왠지 무언가를 이룬 사람 같은 것이 주눅 들게 하더래요. 그분은 삼촌을 그리도 부러워한다는데.

자격지심이라는 게 무서운 거예요. 나도 이따금 느끼는데 작은언니 얼굴이 그 정도라 그렇지 큰언니만큼이나 이뻤으면…. 그 머리에 몸매에 어이쿠나!

참, 삼촌 그림 그린다고 했잖아요. 잘 그려요. 우리 집에도 몇 점 있고 외할머니네도 있는데 아마 그 아저씨 집에도 있을 거예요. 아빠 말씀이 아빠 친구분만큼은 아닌데 잘 그린대요.

"됐어, 야. 나 요새 다이어트 중이야."

"사실은 말이야. 너한테 소개해 줄 사람이 있어서 그래. 너 아직은 혼자 그럭저럭 살만하지만, 더 나이 들면 힘들어. 자식은 없더라도 여생을 함께할 아내는 있어야지. 형님 말 들어. 아내 친구의 친구인데 좋은 여자야. 내일 오기로 했으니까 무조건 와. 알았지."

한정미 씨를 소개받았대요. 마흔을 갓 넘긴 나이보다는 어려 보이는 중학교 선생님이었대요.

그분도 일이 재미있고 공부도 더 하고 싶어 대학원을 다녔고요. 그러다 어영부영 30대 중반이 되었고 권유와 압력 속에 여기저기 소개팅을 했는데 마땅치 않은 것이 나이 탓도 있고 연분 탓도 있는 거지만 눈을 내리고 내렸는데도 안 됐대요.

일방적으로 독신을 선언했대요. 친척들과 동창들을 멀리하면서 일과 취미생활에 몰두했는데 스포츠도 즐기고 여행도 즐기면서 자유로운 것이 너무도 좋았대요.

자연스레 40을 넘기게 되었고 그나마 가뭄에 콩 나듯이 있던 소개팅마저 씨가 마르던 차에 조건 괜찮고 외모도 그런대로인 삼촌을 소개받은 거였어요. 가뭄 끝에 단비인데 역시나 삼촌도 마찬가지인 거죠.

"국영 기업체 다니신다면서요. 신이 내린 직장이라던데."

"그쪽도 그렇잖아요. 일 년에 두 번씩 방학이 있는."

"예전 같지는 않아요. 지금은."

"이쪽도 그래요. 그러나 다른 직업보다는 여유가 있죠. 우리가."

자주 만났대요. 대화가 잘 통했는데, 독신으로 지내게 된 과정도 지금 상황에 대한 느낌도 그동안 즐긴 취미 활동도 비슷한 것이 다 좋았대요.

별 얘기들을 다 하는가 봐요. 좋으니까 그렇겠지만 뭔 얘기인들 안 하겠어요.

"연분이다. 장모님 말마따나 하늘이 내려준 인연인가보다. 빨리 진행해 결혼해."

아빠는 그러면서 적극적으로 응원하고 훈수도 두며 압력도 많이 넣었대요.

그런데 남들보다 긴 혼자만의 생활을 한 탓인지 서로 마음은 통했으나 마음의 결정에는 많은 시간이 필요했대요. 쉽지가 않았대요.

혼자 잘 살아왔고 지금도 쓸쓸한 것 말고는 크게 부족한 것 없는 것 같은데 이제 와서 결혼이라는 걸 하고 부딪히며 살게 되면서 어떻든 간에 있을 서로의 간섭에 대한 부담감, 두려움 그리고 결혼 후에 있을지도 모를 파국에 대한 눈총들이 부담되었대요.

서로가 오래 속앓이를 했대요. 둘 사이는 너무 좋은데 고민이 꼬리를 이었대요. 그러나 많은 어려움이 느껴졌지만, 그것들이 앞으로 혼자 살면서 느끼게 될 외로움이나 슬픔보다는 크지 않으리라 넘지 못할 것이 없다는 확신에 서로 결혼하기로 했대요.

젊어서는 여러 일이 바쁜 탓에 이겨낼 수 있지만 나이 들어서는 포기하고 삭히는 것 외에는 방법이 없을 것 같은데 그렇게 살기에는 삶이 너무 아깝다고 생각되었대요. 앞으로 올지 모를 어려움은 20대 30대가 아닌 40대의 노련함으로 이겨나가자 했대요.

서로가 살던 집이 있고 살림도 있었기에 별도로 크게 장만할 것도 없고, 나이도 있다 보니 첫 결혼이었지만 크게 소문내기도 쑥스러워 쉽게 빠르게 진행되었대요.

아빠도 덩달아 삼촌보다 바빴는데요. 얼굴 보기 힘들었어요. 아빠는 이런저런 일이 자꾸 생겨서 비단 삼촌일 뿐만 아니라 괜히 바빠야 살맛이 난대요. 나서서 참견하고 도와주고 고맙다는 소리도 듣고 이따금 자기 돈도 쓰며 손해도 보고 엄마한테 야단맞는 건 필수고 그래야 좋대요.

그렇게 아빠는 바쁘고 나는 이런저런 이야깃거리 잔뜩 머리에 담고 엄마는 싫지 않은 웃음에 또! 또! 또를 외쳐대는 게 요즈음 우리 집 풍경이에요.

삼촌과 숙모는 드디어 결혼에 골인했어요. 오랫동안 각자의 독신 생활에 종지부를 찍고 주위에서 그리도 기대하고 바라던 부부의 삶을 시작했어요. 늦게 시작한 만큼 남들보다 훨씬 즐겁고 행복한 시간 보내기로 했대요.

주위 사람들도 모두 그러기를 기도했어요. 아빠, 큰아빠 모두 엄청 좋아했는데 가슴에 큰 짐이었겠지요. 미국에 사는 고모는 못 나왔는데, 삼촌 부부가 아닌 작은 아빠하고 숙모가 인사차 놀러 가기로 했대요.

두 분 너무너무 좋대요. 좀 더 일찍 만나지 못한 것이 후회스럽고 안타까울 정도로. 말 그대로 깨 볶는 거죠. 아빠 말이 깨 볶는 냄새가 아파트 단지에 진동한대요. 아빠가 엄마의 지청구 속에 또 뭔가를 사서 삼촌을 만나 전해주면서 들은 거예요.

작은 아빠네요. 그리 깨를 볶는데 이따금은 부부싸움 아닌 부부싸움을 한 대요. 목소리도 높아지면서요. 서로 나이도 있고 여건도 그러해 자식 문제는 쿨하게 정리했는데 숙모가 자꾸

"나도 아이 낳고 싶어. 시험관 하면 된대요. 당신하고 나 닮은 아이 생각만 해도 가슴 뛰잖아요."

"꿈 깨요. 한정미 씨. 우리 이제 반백 살이야."

6

큰언니는 시집을 갔는데도 시집간 것 같지가 않아요.

환이, 예은이를 보면 큰언니 애들이에요 시집간 것 같고, 형부 욕할 때 보면 그런 것 같은데 늘 우리 집에 있어요. 우리 집 근처로 이사 온 후에는 더 그래요.

어린 조카들 때문에 정신도 없고 공부에 방해도 돼 어느 날은 그만 좀 오라 했더니 네가 도서관 가서 공부하라고 난리에요. 환이한테 이모 때리라 시키고 예은이한테는 이모 미워 미워하라 하면서.

출가외인인데 말이에요.

환이한테 어쩌다 손찌검이라도 한번 하면 집안 뒤집어져요. 엄마 까지 한편이 돼서 너도 시집가봐라. 어쩌고 하면서.

환이 녀석이 발단인데 어릴 적엔 꽤 귀여웠는데, 커가면서 재석이 를 닮는지 장난이 보통 아닌 것이 어디든 난장판을 만들어요. 내 방 을 특히나 좋아하는데, 나 없을 때는 잠가놓으니까 문제가 없는데 나 있을 때가 문제에요.

못 들어오게 하려고 막으며 내보내고, 한 여자에 한 녀석은 몸부림

치며 들어오려하고 그림 그려지시죠.

상상력을 키워준다나 뭐라나? 자기애 상상력은 자기네 집에서 키우지 왜 내 방에서 키우려고 난리 블루스인지 모르겠어요.

다양한 것이 호기심 거리가 많아서 그렇다는데, 내 생각은 안하나? 방이 난장판이 돼요. 그리고 나도 공부해야 하는데 공부를 썩 잘하지는 못하지만 말이에요.

용돈으로 마무리하고 끝내는데 어쩔 수 없이 이것저것 뺏기고 못쓰게 되고 해요. 허나 이모니까 참아야지요. 아빠 말마따나 나이는 어려도 이모는 이모니까

그런데 요즘 큰언니네 집에 큰 걱정거리가 생겼어요. 아래층 때문이라는데 장난 아닌가 봐요. 큰언니가 스트레스로 암 걸릴 것 같대요. 암 얘기만 나오면 엄마 뒤집어지는데요.

우리 식구들 그래서 요즘 큰언니 눈치 보느라 정신없어요. 나도 어쩔 수 없이 울며 겨자 먹기로 입 다물고 있고.

처음 이사 와서는 괜찮았는데, 아래층에 다른 사람이 이사 오면 문제가 생겼대요. 소음 문제라는데 환이, 예은이 때문이래요.

우리는 엄마의 선견지명 탓인지 단독주택에 살아 소음 문제 같은 거는 모르고 사는데 우리도 아파트 살았으면 대단했을 거예요. 재석이 보통 아니잖아요. 환이 뺨치는데 거기에 친구는 또 얼마나 많고. 엄마 또 재석이한테는 보통 넘잖아요.

우리 집은 20여 년 전 그러니까 둘째 언니 어렸을 때 할머니네 집

근처 이곳으로 무리해서 이사 왔다는데, 나 낳고 얼마 안 있다 2층으로 올렸대요.

아빠가 그러는데

"공주님 낳고 방이 필요할 것 같아 2층 올렸지. 그랬더니 왕자님도 나오셨네."

"아빠, 그럼 언니들은 뭐야? 공주야?"

"아니, 언니들은 옹주야. 공주보다 못한 옹주."

나요 작은언니하고 종종 싸운다 했잖아요. 그냥 화나서 덤비다 얻어맞는 건데 어느 날은 엄청 기분도 나빠 울면서

"언니는 옹주야, 나는 공주고. 아빠가 그러셨어."

했더니 언니 코웃음을 치면서

"이, 바보야 잘났다. 너 아주 잘났다."

나는 언니가 그냥 약 올라서 그런 줄 알았어요. 그런데 나중에 커서 보니 공주면 다 공주고 옹주면 다 옹주인 거예요. 엄마가 같으니까. 좌우간 우리 아빠 못 말려요.

"환이야, 뛰지 마. 내가 너 때문에 못 살아. 아래층 아줌마 또 온단 말이야."

오늘도 언니는 아침부터 5살짜리 아들과 뛰지 마라. 공 던지기 하지 마라면서 전쟁을 하고 있는데, 말귀를 알아듣지 못하는 나이에다 사내자식이다 보니 쉽지가 않대요.

거기다 이따금 3살 먹은 예은이까지 가세하니 난공불락인데 한 녀석이 울어야 시들해진대요. 은행 융자에다 시댁 도움까지 해 어렵게 장만한 좀 넓은 아파트였고 처음 장만한 집은 아니었으나 그동안 좁은 아파트에서 아이들과 아웅다웅하다 온 넓은 집이었기에 너무 기뻤대요.

이사 오면서 꽤 가슴도 부풀었고. 이것저것 꾸미고도 싶어 나름 공들이며 아주 기분 좋았는데, 얼마 전에 아래층에 다른 집이 이사 오면서 상황이 돌변했고 암흑세계로 변해버렸대요.

"아래층이에요. 애들 좀 조용히 시키세요. 쿵쾅거리는 소리에 미치겠어요. 정신이 하나도 없어요."

아래층으로부터 눈총이 시작되었는데

"예, 예, 죄송합니다. 애가 너무 어리다 보니…"

"애 안 키워본 집 있어요. 공동생활 에티켓을 지키셔야지요."

처음에는 이따금 오던 인터폰이었는데 요즈음은 시도 때도 없이 언니를 고문하고 있대요. 인터폰 소리만 나면 가슴이 방망이질 쳐대고 받고 나면 구정물 몇 바가지 뒤집어쓴 기분이래요. 거기다가 이따금 직접 오기도 한 대요.

애 키워봤다면서 그 정도도 이해 못 해주나. 애 잡으라는 건가. 다섯 살짜리인데 묶어서 키우라는 거야 뭐야? 먼저 집은 별문제 없었는데 꼭 신경과민 환자같이 생겨가지고 유별나네.

기분도 나쁘고 분하기도 한데 어린 자식에게 화풀이할 수는 없고 설거지 안 했으면 하면서 했으면 또 하면서 그런데요.

늘 뛰는 것도 아니고 이따금인데, 이웃사촌이라는 말도 모르나. 뭐가 무서워서 피하냐? 더러워서 피하지.

그렇게 꿍시렁거리며 푼대요.

"우리 집에 오래 있다 가. 내가 도서관 갈게."

큰언니가 안 돼 보이기도 하고 내가 예전에 한 일도 있어서 그러곤 하는데요

"근본적인 방법이 아니잖아. 어쨌든 고맙다."

큰언니 많이 우울해 보였어요. 생각이 많대요.

"아빠 왔다. 아빠다."

형부가 퇴근해오자 두 녀석이 또 야단법석인데 언니는 가슴이 내려 앉으면서

"야 뛰지 마. 뛰지 말라고 했잖아!"

"왜 그래. 좋아서 그러는 건데. 애들 너무 잡지 마."

애들이라면 사족을 못 쓰는 형부가 당연히 거들고 나왔는데

"나는 뭐 좋아서 그래. 오늘 또 아래층에서 올라왔단 말이야. 당신도 한번 겪어봐. 기분이 어떤가."

언니 그러고는 더는 못 참겠어서

"우리 이사 가." 했대요.

형부는 너무도 놀랐는데요.

후에 형부가 우리 집에 와서 아랫집 얘기하면서 한 이야기예요. 누구보다도 이 집을 좋아하고 애착이 강했던 언니 입장에서 그런 말이 나왔기에. 대단하구나 싶으면서. 애들을 나무랄 수도 없고 아내를 탓할 수도 없고 아랫집 여자를 탓하기도 그런데, 그렇다고 이사 온 지 1년도 안 됐는데 또 이사를 하자니 여러 가지가 아주 난감했대요.

이사를 안 다닌 것은 아니나 지금은 결혼 초기와는 달리 애도 둘이나 되고 살림도 꽤 불어 움직이기가 쉽지 않은 데다 이곳으로 옮기는 데 따른 돈 문제며 수속 등 여러 가지로 걱정이 앞섰대요.

그러던 어느 날인데 언니네 오랜만에 외식하러 식구들이 나가다가 우연히 엘리베이터 안에서 아래층 부부를 만나게 되었대요.

서로 대충 눈인사를 했고 환이에게 인사를 시켰는데, 그 집 부부가 환이 인사를 받으면서도 별 내색 없이 뚱하더래요.

형부 얼마나 당혹스럽고 민망하던지 자신도 모르게 두 눈에 힘이 들어갔고 그날로 이사하기로 마음 굳혔대요. 상대할 만한 사람들이 아니었대요.

그날 외식은 우리 집에서 했는데요. 언니보다 형부가 더 흥분해서 이야기하는데 형부 그처럼 흥분하는 거 처음 봤어요. 충격이 컸나 봐요.

그런데 환이가 어느 정도인지는 아는데 이제 5살인데, 그 아줌마도 정상은 아닌가 봐요. 수시로 올라오기도 한데요.

그날로 언니는 부동산에 집을 내놨고 빨리 팔아달라고 부탁까지 했대요. 어쨌거나 싸게라도 팔아 빨리 그곳을 뜨고 싶었기에.

"여보, 나 그룹 내 다른 회사로 옮길 것 같애."

보름 정도가 지난 어느 날이었는데 형부가 퇴근해와 불쑥 그러더래요.

"무슨 말이야 그게."

"위에 분이 함께 그곳으로 가자고 하셔. 그리고 우리 집도 옮겨야 하잖아."

집 옮기는 것이 좋기는 하였으나 직장 옮기는 것까지 연결되다 보니 한편으론 걱정도 되어

"지금 그 자리 좋은 곳이라 했잖아. 이사 때문이라면…."

뭔가 매달려있는 것이, 이러기도 그렇고 저러기도 그렇고 영 찜찜하고 언짢고 그랬대요.

그러며 시간은 흘렀는데, 형부도 별 이야기 없고 언니도 궁금은 했으나 어떤 것이 좋은지 구분도 안 갔고 남편 직장 일에 나서는 것도 이상해 보여 그러고 있었는데요.

"여보, 나 옮기는 걸로 결정 났어. 모레부터 그쪽으로 출근해. 구매 부서를 맡을 것 같애. 집 문제는 업무 파악 끝나는 대로 그쪽에서 알아볼게."

막상 집을 옮긴다 생각하니 언니 많이 우울했대요. 맞벌이 부부로 시작해 몇 번의 이사 끝에 마련한 제법 큰 아파트였고 분위기도 좋

았는데, 얼마 살아보지도 못하고 자의가 아니라 타의에 의해 옮겨야 한다 생각하니 만감이 교차했대요.

실은 우리 곁을 멀리 떠나는 것도 싫었을 거예요. 지금은 아주 가깝지만, 예전에도 그리 멀지 않았거든요. 내심 그게 클 거예요. 나도 본심을 말하자면 너무 좋아요. 겉으로는 표현 못 하지만.

언니네는 형부 직장 옮기는 것보다 집 옮기는 걸로 더 많은 이야기를 했다는데, 그만큼 언니가 이 집에 대한 미련을 쉽게 떨칠 수 없다는 거겠죠.

"어쩔 수 없는 상황이잖아. 아래층 저런 상태에서 애를 묶어 둘 수도 없고. 환이 어느 정도 클 때까지만 참읍시다. 그게 최선의 방법이야."

형부 설득도 설득이지만 언니도 별다른 방법이 없었기에 마음을 추스렸대요.

"이번에는 아예 1층으로 얻자."

아래층 노이로제라 할 수 있는데, 언니는 형부까지 그런 일로 주눅 드는 게 싫어 자신도 모르게 쏘아붙였대요.

"먼저 집은 별일 없었잖아."

"그래도 아래층 같은 사람들 또 만나게 될까 봐 그러지."

큰언니는 무언가 문제는 문제라고 했어요.

"내 자식이 문제인지, 이웃 간의 정마저 끊어지는 이 세태가 문제인지…."

우리도 공감했어요. 그리고 단독주택에 살게 된 것 큰 축복이라고 자축했어요.

재석이를 봐도 그렇고 엄마 아빠의 지나친 재석 바라기도 그렇고 중간에 낀 나와 언니의 상황도, 그림이 그려지잖아요. 생각만 해도 머리가 지끈 지끈해요.

그러나 단독주택에 사는 거요 할머니나 엄마, 아빠는 꽃도 가꾸고 나무도 가꾸며 이쁘고 생기를 느낀다고 좋아하는데, 할머니는 예전에 텃밭도 가꾸셨어요. 풍성하고 좋아 보이기는 하는데요.

불편한 점이 한두 가지가 아니에요. 일 년의 반 정도는 춥죠. 온수도 그렇지요. 문 열어주고 잠그고 집안 단속도 해야 하고 주차도 불편하고 젊은이들에게는 다 X예요. 나는 무조건 아파트에요.

형부가 새 직장으로 출근하면서요. 언니는 형부와 조그만 시간조차 가지지 못했는데 오로지 애들과 싸움뿐이고 인터폰 소리에 가슴 졸이는 일뿐이었대요.

옮긴 형부 직장이 좀 먼 데다가 업무 파악에 출장 등으로 일찍 나가고 늦게 들어오고 안 들어오고 하다 보니 얼굴 보기 조차 힘들었대요. 자연히 이사 문제는 그런 상태에 있었는데, 어느 날 뜬금없이 형부가 직장에서 전화했대요. 직장을 옮기고는 바쁜 탓도 있겠지만 애들에게도 전화가 없었다는데요.

무슨 일 있나? 어디 다친 건 아니겠지? 벌써 집을 알아봤나? 바쁘다고 눈코 뜰 새 없다고 했는데?

전화를 받았는데요.

"여보, 나 오늘 그 사람 만났다."

무슨 말인지 전혀 감이 안 왔대요.

"그 사람이라니, 누구 말이에요?"

"아래층 그 남자. 이따가 들어가서 이야기해 줄게. 당신도 아마 깜짝 놀랄 거야."

언니는 남자들 사회 생활하다 보면 여러 사람 만날 수 있고 스치기도 하는데 뭐 큰일이라고 안 하던 전화까지 하면서 그러나 어떤 때 보면 참 싱거운 사람이야 했대요.

대수롭지 않게 생각한 거죠. 얼마나 대단한 일이고 얼마나 큰 파문을 가져올 수 있는지 모르고. 상상조차 못 했대요.

저녁때에 형부 평상시 보다 일찍 퇴근해 왔대요. 언니는 낮에 일은 까맣게 잊은 채 일찍 기분 좋게 들어오는 남편을 보고는 덩달아 기분이 좋아져

"웬일이야? 오늘은 일찍도 들어오고."

직장을 옮기고는 빨라야 11시였대요. 휴일에도 나가고. 신경질이 무척 났으나 회사를 옮겼고, 대기업 생리가 그런 데다 집 문제까지 겹쳐있다 보니 형부가 한없이 불쌍해 보여 아무 말도 못 했대요. 몸보신이나 시켜야겠다는 생각만 했고요.

그런 걸 보면 엄마의 판박이예요. 엄마하고 수다 떠는 거 보면 죽도 잘 맞고 뭐가 그리 좋은지 깔깔거리기도 하면서 아주 닮았어요. 엄

마 딸 아니랄까 봐.

미래의 나도 그럴까? 작은언니는 어떨까? 이따금 생각해 보는데

작은언니는 아마도 아닐 거예요. 엄마도 종종 너는 참 별난 종자야 하거든요.

나는 이런 상상인지 멍 때리기를 아주 잘하는데요. 좋아요. 공부보다 훨씬 재미있고 시간도 잘 가고 엄마는 뭐라 하지만 아빠는 글 쓰는 능력이 있어서 그런 거라고 좋다 하셨어요.

또 샛길로 빠졌는데요.

형부는 계속 웃기만 하더니

"내가 납품받는 부서라고 했잖아."

"구매부라며?"

"하청업체로부터 구매하는 거야. 그래 요즘 업무 파악차 하청업체들을 돌아보고 있는데, 오늘 어떤 업체에 갔다가 사장을 만났는데 어디서 본 사람인 거야. 그쪽에서도 안면이 있다 하고. 서로 학교 관계, 직장 관계로 해서 더듬으며 묻게 되었는데 아니더라구. 그러다 혹시나 해 어디 사시는가 했더니 글쎄, 이곳에 산다고 하잖아. 그 사람이었어. 아래층 그 남자."

그 남자라구! 그 남자가 사장이라구! 그래 그 여자가 그리 콧대가 셌구나.

언니는 우선 사장이고 사장 부인이라는 말에 꽂혔대요. 그러다가 하청업체로 납품받는다는 말이 생각나면서

"당신 회사에 납품한다는 말이지. 하청업체고 자기가 담당 과장, 아니 차장이고."

"그래."

"어머나, 세상에!"

너무도 좋았대요. 자신도 모르게 얼굴 가득 미소가 지어지면서

"그 사람도 당신 알아봤어요?"

형부에게 바싹 다가앉으며 평소 안 하던 존댓말까지 써가며 재차 물었대요.

"그렇다니까. 동시에 알게 됐어. 한순간 서로 당황했는데 그쪽이 더 당황하는 것 같더라구. 아마도 찔리는 게 있겠지."

"찔리는 게 없으면 사람도 아니지. 그렇게 세상은 돌고 도는 거고 남에게 베푸는 게 헐뜯는 삶보다 훨씬 좋은 건데 그 사람들이."

날아갈 듯 했대요. 몇 달 동안의 답답했던 체증이 싹 뚫리면서. 형부가 새삼 멋져 보이며 아까 전화했던 것도 이해가 갔대요.

"자기야, 너무너무 좋아. 자기가 새삼 대단해 보여 멋져 보이고. 진심이야."

연애 때 쓰던 말투에 코맹맹이 애교까지 절로 나왔는데 엄마하고 나는 큰언니 이야기에 웃다 쓰러졌어요. 순둥이 형부의 얼떨떨한 표정까지 오버랩되면서 배꼽 빠지게 웃었어요.

여자들 여우짓은 참 못 말려요. 나도 여자지만 내가 봐도 대단해요. 어쨌거나 부부는 실로 몇 달 만에 한껏 웃었대요. 이리로 이사와

한동안은 그치지 않던 웃음이었는데 얼마 전부터는 전혀 였던 그 웃음이었대요.

애들도 덩달아 좋아했는데 언니는 자기도 모르게

"뛰지 마. 뛰지 마."

하고 있더래요. 습관이 참 무서운 거예요.

그때 좀 늦은 시간이었는데, 현관 벨이 울렸고 언니는 의아해하며 문을 열었는데요.

"저예요. 아랫집 여자."

처음 들어보는 아주 공손한 말씨였대요. 언니는 다소 당황스러워 어정쩡한 상태로 있었는데

"안녕하세요. 너무 늦지 않았나요?"

공손하게 인사부터 하는데 처음 당하는 일이라 어쩔 줄 몰랐대요. 어느 정도 예상은 하고 있었으나 막상 닥치고 보니, 내심 기다리고 있던 일이기도 했지만 그랬대요.

얼떨결에 답례하면서 자신도 모르게

"오늘은 별로 뛰지 않았는데…."

습관적으로 움츠리며 그랬대요. 그러자 아래층 여자 두 손을 내저으며 가지런히 모으며

"시끄럽지 않아요. 이웃사촌인데요 뭐? 좀 시끄러우면 어때요. 애들 다 그러면서 크는 거지. 내가 신경과민이었나 봐요. 그동안 너무 죄송했어요."

당황한 채 어쩔 줄 몰라 하며 따라 나온 환이 머리 쓰다듬어주며 변명을 늘어놓는데, 언니 한동안 정신을 차릴 수가 없었대요.

그러나 말 나온 김에 이때다 싶어

"우리 이사 갈 거예요."

조용히 그랬대요. 그러자 아랫집 여자 울상이 되어서는

"아니에요. 그러시면 안 돼요. 부동산에 내놓으신 거 내가 다 처리할게요. 애들 그러면서 크는 건데 미안해요. 내가 좀…"

그리고는 내일 다시 오겠다고 오늘 너무 늦었는데 실례했다고 하며 내려갔대요.

"……."

할머니가 그러셨는데요.

"사람 일은 모르는 거야. 주위에 피해 주지 말고 살아. 줄 때는 하나인데 받을 때는 뭐가 됐든 곱으로 오는 게 세상 이치야."

착하게 살라는 말씀인데요. 옳은 말이기는 하나 쉽지 않은 게 또한 현실이지요.

7

막내 외삼촌은 큰언니보다 6살 위이고 작은언니보다는 거기에 3살 많은 나이 차가 좀 나는 또래인데요. 집도 가깝고 어려서부터 같이 자란 탓에 서로가 아주 친해요. 흉허물도 없고 비밀도 공유하면서 그래요.

언니들 어렸을 때부터 외삼촌이 공부도 봐주고 여기저기 데리고 다니기도 하면서 엄청 재미나게 지냈대요.

이야기꽃을 피우면 시간 가는 줄 모르는데 나는 좀 그래요. 그러나 어쩌겠어요. 샘은 나지만 내가 어렸을 때니, 뒤집을 수도 없는 일이고 말이에요.

외삼촌은 공부도 잘했는데, 편씨 집안 사람들 머리가 좋아요. 엄마가 편 씨인데 외삼촌들 이모들 다 일류 대학 나왔어요.

거기다 노래도 잘하고 키도 크고 체격도 짱이어서 언니들 꽤 멋져 했는데 속으로 미래의 비슷한 애인 상 꿈꾸었대요. 그런데 현실에서 보면 큰언니는 실패에요. 큰 형부 머리만 좋아요. 착한 거하고. 둘째 형부는 아직 찾고 있는데 실패할 확률이 높지요. 지금까지 고르고 있잖아요.

나는 그런저런 탓에요. 듣는 것만으로 만족하고 있는데 나이 차가 워낙 나니 어쩔 수가 없어요. 결혼은 큰언니가 조금 빨랐고요.

외삼촌은 대학 이야기를 많이 했는데 그중에도 연애 이야기를 자랑 겸해서 뻥도 쳐가며 자주 했대요. 언니들도 호기심도 있고 재미도 있어 자주 듣게 되었는데 외삼촌은 다른 사람한테는 비밀이라고 비밀 꼭 지키라고 당부하면서 했대요. 지금도 큰언니하고는 이런저런 얘기 많이 해요.

나는 그런데요. 얼마 전에 막내 외삼촌의 연애 얘기가 어떤 사건으로 터져 나오는 바람에 알게 되었고 얼핏 들어보니 그때의 언니들처럼 재미도 있고 흥미도 있어, 큰언니한테 수시로 심부름에 아양도 떨면서 시리즈로 듣게 된 거예요.

"자기야, 이지은이라는 사람 알아?"

저녁을 먹고 딸애랑 TV를 보고 있는데 외숙모가 물었대요.

"모르는데 왜? 누군데?"

그때는 몰랐대요. 생각이 나질 않았대요. 오래전 일인 데다 외숙모한테서 나온 이름이기에

"잘 생각해 봐. 자기하고 같은 대학 이웃 과야. 서클 활동도 같이했고. 이지은 씨."

이지은 씨. 그 이지은?

순간 깜짝 놀랐대요. 이런저런 생각들이 스치면서.

그녀를 어떻게 아내가? 그녀와 관계된 것들은 결혼 전에 이미 다 없애버렸고 아는 사람 이래야 집안사람 몇몇에 친한 친구들뿐인데.

철호 자식이 지 아내에게 이야기해서 집사람한테 이야기한 건가? 그럴 리가 없는데 멀쩡한 집안 분란 일으키려 작정하지 않은 바에는. 환이 엄마가? 아니야, 명희가 바보도 아니고 또 그 정도로 애 엄마하고 친한 것도 아니던데.

많은 생각이 스쳐 지나갔다는데, 명희는 우리 큰언니이고 철호는 외삼촌과 고등학교, 대학교 같이 다닌 친한 친구래요.

"아하, 그러고 보니 생각나는 것 같네. 그런데···."

"내가 어떻게 알았냐. 그거죠?"

조바심도 나고 걱정도 되었는데 그냥 무관심한척하며 고개만 끄덕였대요.

"혜주 유치원 친구 중에 재민이라고 있잖아."

딸아이가 유치원 얘기할 때면 늘 재민이 이야기가 나왔기에 귀에 익은 이름이었대요.

"오늘 유치원 모임에 갔다가 그 애 엄마를 만났어요. 모임이 끝나고 같이 나오는데 애들이 짜장면 사달라고 조르잖아. 식사를 같이 하게 됐고 이런저런 이야기에 대학 시험 이야기까지 하게 되었는데, 재민이가 우리 엄마는 ○○대학 나왔다 하는 거예요. 혜주도 우리 아빠도 ○○대학 나왔다 했고. 서로 간의 입학 연도 등을 묻게 되었는데 편 씨가 희귀성이잖아."

외가가 편 씨 희귀성이에요. 외삼촌은 조용히 가슴을 쓸어내며 깊은숨을 내쉬었대요. 더 이상의 이야기는 없던 것 같기에 안심이 되면서요.

세상일이 참 묘하다 싶었대요. 부모 대의 못 이루어진 첫사랑이, 자식 대에 장난스럽게 이어지며 부모의 옛사랑이 다시 만나게 될지도 모른다 생각하니 저절로 미소가 지어지면서요.

"그 애 아빠는 뭐 한대?"

"의사래."

그렇구나! 그리됐구나.

외삼촌은 속으로 그 말만 되뇌었대요.

대학교 1학년 때 일이래요.

통제와 시험의 굴레 속에서 벗어나 세상이 온통 내 것 같았던, 미래는 온통 푸른빛이고 부모님의 울타리 속에서 근심 걱정 없이 웃고 떠들며 소주잔에 개똥철학과 인생을 국가를 논하며 침 튀기던 모든 것이 궤짝만 하던 시절이었대요.

또한 못지않게 뜨거운 호기심의 대상인 여성들에 대해서도 나름의 경험에 귀동냥으로 한마디씩 토해내던 그 시절이었고 그것은 아마 여학생들도 마찬가지였을 거라 했대요.

나는 아직 겪어 보지 못해 장담은 못 하지만 미루어 보면 그럴 것 같기도한데, 그날도 여느 때와 마찬가지로 외삼촌 무리 몇몇이 강의 시간을 기다리며 잔디밭에 둘러앉아 이런저런 이야기를 하고 있었는데 때마침 그 여학생이 지나갔대요. 이미 소문이 날 만큼 나 모르는 남학생이 없던 늘씬한 키에 상당히 미인인 여학생이었대요.

그녀는 그런데 정신연령이 높아선지 콧대가 쎄서인지 동급생들은 안중에도 없고, 저도 신입생인 주제에 꼭 선배 남자들하고만 어울려 다녀 표적이 돼 더 인기가 있었던 것 같대요.

여하튼 그때 4명인가가 둘러앉아 있었는데 외삼촌이 그랬대요.

"지금부터 우리 중에서 누구든지 먼저 그녀를 본 사람이 큰소리로 노랑나비를 외치는 거야. 그것을 못 한 사람이 그날 술이든 커피든 다 뒤집어쓰는 거고."

큰 의미도 없는 것이 어찌 보면 정신 나간 일 같기도 한데, 한창때이다 보니 객기도 부려보고 싶고 술 건수도 많이 있을 것 같아 그랬대요.

막내 외삼촌은 지금도 재미있는데 그때는 더했겠지요.

"왜 하필 노랑나비야?"

한 친구가 물었다는데요. 의문이 들만하죠.

"노랑나비를 보면 그날 운수가 대통한대. 거기다 노란색 옷을 자주 입는 걸 보니 그녀가 노란색을 좋아하는 것 같잖아."

참 이리저리 관심도 많았지.

그날부터 외삼촌 무리는 노랑나비를 마구 외쳐댔는데, 처음에는 쑥스럽기도 하고 부끄럽기도 해 주저했으나 돈 지출이 많아지다 보니 나중에는 정신들이 없었대요.

하루에 한 번 정도 부딪히는 날에는 여럿이 부담을 해 큰 부담이 없었는데 자주 만나게 되는 날에는 한 사람이 몽땅 뒤집어쓰다 보니 어쩔 수가 없었대요.

처음에는 별 반응이 없던 그녀였대요. 잘 몰랐을 테니까. 그런데 차차 그 소리가 귀에 익어지며 무리의 모습이 눈에 들어오면서 반응이 나타나기 시작했는데요.

첫 반응은 인상을 쓰더래요. 콧방귀를 뀌며 같이 다니는 여학생들과 키득거리기도 하면서. 그러더니 피하더래요. 남학생들과 어울려 다니기도 하고 느지막하게 움직이기도 하면서 제 풀에 그만두겠지 하는 투로요.

그랬는데 생각보다 오래간다 싶었던지 어느 날부터 미인계를 쓰기 시작했는데 웃어 보이기도 하고 손을 들어 아는체하기도 하면서요. 그러자 이쪽에서 난리가 났는데요. 뻘쭘하기도 하고 당황스럽기도 해서. 그러나 밀어붙이기로 했다는데 그만 외삼촌 무리에 균열이 생기고 말았대요.

소문이 나며 그녀뿐만 아니라 이쪽 무리도 덩달아 유명해지기 시작했는데, 이쪽이 다 눈에 익어지면서 무리 지어 다닐 때는 그만했는데 홀로 다니게 될 때는 감당하기가 어려웠대요.

여기저기서 여학생들이 키득거리고 수군대고 무심결에 손으로 가리키기도 하는데, 홍일점은 여왕이 되고 청일점은 바보가 된다고 하더니 감당을 못하고 그만 흐지부지되고 말았대요.

그럴 거예요. 그때나 지금이나 나이가 어리거나 들었거나 여자들 앞에서는 남자들 기 못 펴요. 우리도 남녀공학인데 남학생들 여학생 앞에서 힘 못써요. 홍일점과 청일점의 차이죠.

그리고 나서는 잊혀졌대요. 하나의 해프닝으로 남겨졌고 무리 중에 군대 간 사람도 많고 외삼촌도 이런저런 일로 바빴대요.

그러다 2학년 중반쯤이었는데, 우연이라 하기에는 뭐한 어떤 인연 같은 사건이 일어났는데 서클에서 그녀를 만나게 된 거래요. 이지은 씨를 외삼촌이.

이지은 씨가 서클에 늦게 가입한 건데 서로 깜짝 놀랐대요. 외삼촌 은 꽤 서먹서먹했는데 어쨌거나 자주 만나게 되어 좋았대요. 학년이 바뀌면서는 교양과정이 줄어 얼굴 보기가 어려웠대요.

그러다 3학년이 되어 외삼촌이 서클 짱이 되면서, 알려줄 일도 많고 여기저기 같이 다닐 일도 많아지며 둘만은 아니지만 많은 시간을 같이 보내게 되었고. 학교 안에서나 밖에서의 빈번한 만남에 팀원에서 친구로 애인으로 바뀌며 서로가 좋아하게 됐대요:

예전의 어떤 감정들이 있었기에 빨리 영글었을 거라고 연애 박사인 큰언니가 그랬어요.

당연히 친구들 사이에 소문이 났고 C.C.가 되었대요. 내가요 C.C.를 안다고 놀라는 분이 있을지 모르겠는데 C.C.가 대학에만 있는 게 아니에요. 고등학교에도 있어요. 우리 학교도 여럿 있는데 친구 사이는 C.C.라 안 불러요.

나는 아직은 없는데 앞으로는 모르죠. 있으면 좋겠다 싶기도 하고 아직은 아닌데 하는 생각이 들기도 하는데 마음만 먹으면 만들 수는 있을 것 같아요. 우리 집 빠른 파잖아요.

외삼촌은 그때요 엄청 뿌듯해하며 좋아했대요. 언니들도 자기 일처럼 기뻐하며 좋아했고 집안에서는 당연히 비밀이었고요. 후에 언니들이 외삼촌한테 연애편지 비슷한 것 많이 쓰게 되는데 그 느낌이 크게 도움이 됐대요.

"어디 아팠어?"

4학년 1학기 어느 날이었대요. 학교를 여러 날 안 나온 그녀가 얼굴이 반쪽이 되어 나왔는데, 외삼촌도 여러 가지로 걱정이 많았던 그즈음이었대요. 걱정도 되고 반갑기도 해 물었는데

"몸보다 마음이 아파."

순간 나 때문이구나 하는 직감이 왔대요.

"집에서 무슨 일 있었어?"

4학년에 올라오면서 그녀 집안 분위기가 바뀐 것을 알고는 있었으나 별 뾰족한 방법이 없었기에 외삼촌은 그냥 그러고 있었대요.

군대도 갔다 와야 하고 공부를 더 할 것인가, 취직할 것인가 진로도 결정 못 한 상태였는데 집이 부유해 생활비며 학비며 다 대줄 형편도 아니었고. 집안은 그쪽이 더 부자였대요.

"나 약혼할 것 같애. 집안끼리 아는 사이인데 의사야. 내년에 레지던트 들어가."

눈물을 흘리며 그러는데 가슴만 천근만근이었대요.

"나 어떻게 해?"

외삼촌은 이런 일이 올 수 있다는 것을 알고는 있었지만 별 방법이 없었기에 시간만 보내고 있었대요. 전에도 비슷한 이야기가 이지은 씨한테서 나왔는데 그때도 그냥 기다려 보자며 얼버무리기만 했대요. 어쩔수가 없어서.

드디어 왔구나. 어떻게 해야 하나? 지은이는 나 하라는 대로 하겠다는데, 그냥 기다리라고 해야 하나? 아니면 둘이 도망이라도 칠까?

몇 날 며칠을 뜬눈으로 고민했대요.

"있는 집에서는 당사자들 좋아한다고 결혼 안 시켜. 집안 수준이라는 게 있거든. 집안 간의 결혼도 되는 거야. 그쪽 아버지가 병원장이라며. 쉽지 않아."

"너 군대도 갔다 와야 하고. 취직해서 돈 모아야 집이라도 구하잖아. 집에서 다 해줄 형편도 아니라며. 그렇다고 너 '사'자 직업도 아니잖아?"

복학생 형들 이야기였대요. 군대도 갔다 오고 사회 물도 먹고 해 생각하는 것이 다르더래요. 현실적인 것이.

"젊잖아. 아직 젊음이잖아. 지은이도 따른다고 했다며 질러버려 이 바보야"

"사랑보다 더한 게 어디 있냐? 남자가 패기가 있어야지."

또래 친구들 이야기고요.

술잔과 더불어 오간 이야기들인데, 결론은 나있는 건데 의미 없이 그냥 돌고 돌았대요.

외삼촌은 군대 가버렸대요.

원래는 대학 졸업 후 장교로 가려 했는데 해병대 지원 입대했대요. 집에서는 한바탕 난리가 났고.

"별안간 왜 그래?"

"졸업 후 장교로 간다고 했잖아. 학교에서 무슨 일 있었어? 사고 쳤어?"

할머니가 유독 심했다는데 막둥이잖아요. 갑자기 해병대를 간다고 하니 나이 드신 어머니 입장에선 날벼락이겠죠. 이때 아빠의 오지랖이 또 날개를 달았는데 해병대 출신이잖아요. 긍지가 대단해요. 전우회 모임도 적극이고 봉사활동도 열심이고.

그리고 이지은 씨한테는 장문의 편지를 써 보냈대요.

결국은 삶이기에 사랑도 현실을 뛰어넘을 수가 없고, 이것만이 진정으로 그대를 사랑하는 것이라 여겨진다, 좋았던 그간의 여러 일들 좋은 추억으로 가슴 깊이 간직하자 등등의 내용이었대요.

막상 잊어야 한다 생각하니 가슴이 찢어지는데, 그녀도 아파할 것을 생각하니 어쩔 줄 모르겠더래요. 마냥 답답하고 무기력한 것이 짜증만 솟구치면서 그냥 저질러 버릴 걸 하는 후회도 들고 지금이라도 다 뒤집어 버리고 한판 벌여볼까 하는 마음도 들었대요.

그러나 이런저런 장애물들을 뛰어넘을 배짱도 용기도 없었기에 첫 사랑은 그런 거라고 세월이 약이라고, 유행가나 선배가 쓰다듬는 말을 약으로 삼으면서 버텼대요.

언니들은 그 당시 외삼촌한테 편지 엄청나게 썼다는데요. 전후 사정을 너무나 잘 알기에 혹시나 사고 칠까 봐 집안 식구들에게는 말도 못 하고요.

처음에는 사랑하는 외삼촌 보세요. 하면서 위문 편지 형태로 썼는데, 차츰 생각이 바뀌면서 장난기도 발동해 연애편지로 바꿨대요.

큰언니는 고등학생이고 작은언니는 중학생이었는데 작은언니가 훨씬 잘 썼대요. 후에 외삼촌이 진짜 따봉이었다고 큰언니하고는 비교가 안 된다고 고개를 절레절레 흔들면서 칭찬 많이 했대요.

집안 화젯거리였다는데, 이론과 실제는 다르다고 큰언니는 벌써 그 나이에 결혼해 애까지 있는데 작은언니는 아직도 엄마하고 싸우고 있으니 말이에요.

큰언니는요 그때 자기는 입시 공부하느라 신경을 못 써서 그런 거라고 변명에 항변 늘어졌다는데 사실 공부는 작은언니가 훨씬 잘했어요. 큰언니 공부 안 했어요. 대학은 나왔는데 대학 이름이 증명하는 거잖아요.

큰언니는 그러나 성격도 괜찮고 얼굴이 이뻐서 여자는 뭐니 뭐니 해도 얼굴로 먹고 들어가잖아요. 나도 그래 좀 걱정이긴 한데 여러 방법이 있을 거라 믿어요.

작은언니는 머리는 좋은데 성격이 아니에요. 얼굴도 그렇고. 사실 걱정이 많이 되는데 들으면 또 난리 나요. 자기 성격이 어떻냐고? 본래는 좋았는데 가운데 끼이다 보니 그렇다나 뭐라나?

그런데요. 막내 외삼촌네 참 드라마틱하잖아요.

많은 세월이 흘러 첫사랑 소식을 그것도 결혼까지 할 뻔했던 여자 소식을, 서로의 자식들이 매개체가 되어 듣고 있다니 말이에요. 생각할수록 소름 돋아요. 놀랍기도 하고.

외삼촌은 그때요 이러저러한 생각들이 마구 스쳐 지나갔대요. 짧은 시간이었지만 주체할 수 없을 정도로 많았는데 이따금 생각나기도 하고 만나고도 싶었던 첫사랑이었기에 그렇겠지요. 그러나 생각 외로 담담하더래요.

한때는 헤어진다는 생각에 모든 것이 무너지고 뒤죽박죽에 감당할 수가 없었는데 이제는 비교적 상세히 그리고 아주 가까운 곳에 살고 있다는 얘기를 들었는데도 큰 동요가 없더래요.

세월 탓인가? 환경 탓인가? 그녀도 많이 잊혀졌기에 떠나보냈기에 당당히 아내에게 나를 안다고 말했겠지. 그랬을 거야.

생각의 파노라마 속에 빠져있는데 외숙모가 소리쳤대요.

"여보! 무슨 생각을 그리해? 학교 때 재민이 엄마하고 친했어? 무슨 일 있었어?"

"무슨 일은? 잠시 학창 시절이 떠올라서 그런 거지."

가슴이 뜨끔했대요. 그래 볼멘소리를 했다는데

"우리 집에 한번 놀러 오겠대. 자기 변한 모습 보고 싶다고. 학교 다닐 때 제법 근사했다며. 여학생들에게 인기 많았나 봐?"

"아니야. 그 애 엄마가 그래?"

외삼촌도 그녀가 어찌 변했나 보고도 싶고 그때의 행동이 어찌 보였나 알고도 싶은 게 제법 흥분되었대요. 그러나 한편으론 부질없어 보이기도 했는데 다 지나간 일인데 이제 와서 새삼스럽게 뭘, 그냥 추억으로 남겨두는 게 좋지 하는 생각도 들었대요.

언니들은 그 이야기를 어느 날 외삼촌한테 들었는데요. 엄청 놀랐고요. 자기들 일도 아닌데 가슴이 마구 방망이질 치며 찌릿찌릿하기도 했대요.

외삼촌도 추억에 젖는지 이따금 눈 주위에 눈물이 맺히며 크게 웃기도 하고 아쉬워하기도 했는데 그러면서

"여자들 육감은 정말 대단해 여러 번 심장 떨어지는 줄 알았어. 외숙모한테 진짜 말조심해야 해 모두 흥분 가라앉히고."

언니들한테 몇 번을 다짐했다는데요. 나도 큰언니한테 여러 번 손가락 걸고 맹세했어요.

재민이네는 외삼촌네 아파트 이웃 단지였어요. 단지는 넓었지만 이웃이기에 혹시나 하는 마음이 외삼촌 마음 한구석에 그날 이후 쭉 있었대요.

왜 안 그러겠어요? 추억 많은 찐한 첫사랑 C.C인데. 하지만 찾아볼 엄두는 내지 못했대요. 그때나 지금이나 용기도 부족한 데다 처한 상황이 그때와는 비교도 안 되는 상태였기에.

"여기는 미국이 아니잖아. 한국이잖아. 유부녀, 유부남인데 어쩔 거야. 할 수 없지…."

큰언니 말이에요.

쳇바퀴 돌아가는 하루하루 생활에 외삼촌 그냥 바쁘게 흘러가며 잊고 살았는데, 운명의 여신 도움이었는지 장난이었는지 어느 날 우연히 딸애와 함께 마트에 갔다가

"아빠, 쟤가 재민이야."

딸애 친구 재민이를 만나게 되었고 그 애 엄마 이지은 씨도 만나게 되었대요.

언젠가 한 번은 만나겠지, 만날 수 있을 거야 하기는 했으나 마음속에 담기만 해 덤덤했는데 막상 닥치고 보니 여간 흥분되는 게 아니었대요.

가슴이 마구 방망이질 치는 것이 말만 들을 때와는 너무 딴판인 게 다리도 후들거리고 입도 마르고 어찌할 바를 모르겠더래요.

언니들은 그 이야기를 들으면서 예전 노랑나비 때의 일도 생각나 한참을 깔깔거리며 웃었대요. 외삼촌은 머리만 긁적이며 멋쩍어했고요.

"안녕하세요."

"오랜만이에요."

재민 엄마가 웃으며 다가왔는데

"옛 모습이 많이 있어요. 편동욱 씨는. 나는 어때요? 많이 늙었죠? 그때 그 모습 있어요?"

"지은 씨도 그대로예요. 살은 좀 붙었지만."

옛날 느낌이 조금씩 돌아오면서 외삼촌은 좀 편해졌대요. 재민 엄마도 그런 것 같았는데 억양이 제자리를 잡았대나 뭐라나?

이런저런 이야기 속에 함께 걸었는데 말투며 몸짓이며 예전 모습이 조금씩 눈에 들어오면서 한결 편해지고 옛 추억이 새록새록 떠오르더래요. 세월이 흐르고 모습은 좀 바뀌었지만 여전히 변하지 않고 잊히지 않는 옛사랑 추억이었대요.

"방송국에 있다면서 공부를 더 하겠다고 하더니?"

"그리됐어. 애는 몇이야?"

"아들만 셋. 재민이가 막내고 아들 부자야."

"남편은 그때 그 사람?"

대답 대신 고개만 끄덕였는데 만감이 교차했대요. 침묵이 이어졌고 많은 이야기들이 입으로 빠져나오지 못하고 가슴에 묻힌 채 어정어정 시간만 흐르고 있었는데, 침묵을 깨야지 깨야지 했는데도 쉽지는 않고 시간은 자꾸 흘러 당황스럽고 어쩌지 어떻게 하나 답답함에 머리만 복잡해지고 있었는데요.

그때 모든 것을 깨트린 불청객이 나타났대요.

"아빠. 우리 집은 저쪽으로 가는데."

상황 판단을 잘한 건지 못한 건지 재민이는 가만히 있는데 혜주가 그랬대요. 그러나 지금이나 예전이나 문제는 외삼촌 자신이지 혜주도 이지은 씨도 아닌 거라 했대요.

그러자 재민이 엄마 조금은 굳어진 얼굴로 주위를 둘러보더니 존댓말로 바꾸면서 손을 내밀었대요.

"만나서 반가웠어요. 동욱 씨."

"그래요."

외삼촌은 얼떨결에 그녀 손을 잡으면서 그 말밖에는 하지 못했대요.

"물어보고 싶은 것도 많고 알고 싶은 것도 많았는데, 그냥 답답하고 갈증 나고 자신이 참 못나 보이는 것이 훨씬 두들겨 맞고 싶은 심정뿐이었어."

외삼촌이 그랬대요.

"그렇다고 뭐 어쩌겠어? 그렇게 지나가는 거지. 첫사랑 추억으로 가슴 깊었던."

큰언니가 그랬고요. 작은언니는 그저 고개만 끄덕이고 있었대요.

8

세상에는 참으로 슬픈 일이 많다는데 나한테는 이것만큼 슬픈 일이 없어요. 앞으로는 큰일이 많이 나타날 수도 있지만. 큰언니 그러니까 친한 친구네 이야기인데요.

"으앙~으앙~"

"경식아, 그만 울어. 네가 자꾸 울면 동생 하나도 울게 되고 할머니도 우시잖아. 그만 뚝!"

그러나 마찬가지였대요. 아빠 말은 효력이 있으려나 했는데. 그러더니 얼마 후 늘 그랬듯 저 스스로 그치더래요.

이 아빠가 큰언니 절친의 오빠이고요. 큰언니와 고등학교 때부터 친구인 이 언니는, 처음 만나서부터 쿵짝이 잘맞아 지금까지도 죽고 못 사는 사이라는데 서로가 집까지 오가는 사이고 엄마들까지도 친해져 그 오빠 결혼식 때 엄마도 갔었대요.

둘째 언니 말에 의하면 큰언니 그 오빠하고 결혼 말까지 있었다는데 엄마가 단칼에 잘랐대요.

"으앙~으앙~"

얼마 전부터였다는데 유치원을 잘 다녀온 경식이가 할머니와 집안 일 도와주는 아주머니께 인사를 하고는 한참을 잘 놀았는데 별안간 울기 시작하더래요.

할머니도 아주머니도 옆에 있어 울만 한 별다른 이유가 없었는데, 이상하다 싶어 할머니는 얼른 경식이를 껴안았고 이것저것 물어보 며 달랬는데 아무 반응도 없이 그냥 울기만 하더래요. 아주머니까지 합세해 업어주며 달랬는데도 요지부동이었고.

지쳐 그냥 내버려 두었는데요. 얼마 후 제 스스로 그치더래요.

"싱거운 녀석 같으니라구….."

할머니는 어이없어 혀만 찼는데 그것이 일회성이 아니었대요. 이 어지고 있는데요.

매일 한 번씩 우는데, 묻는 말에는 대답도 없이 밑도 끝도 없이 울 다가 저 스스로 그친대요. 할머니는 덜컥 겁이 났고 손자 녀석마저 어떻게 되는 거 아닌가 하고. 이웃에 사는 딸에게 이야기했는데

"병원에 가봐야 하는 거 아니니, 괜히 겁이 난다. 나는…"

큰언니 친구이자 경식이 고모인, 그 딸은 경식이를 우선 자기 집으 로 데리고 갔대요. 자신이 좀 더 지켜봐야 할 것 같아서요.

경식이도 그 고모를 꽤 좋아했는데 잘 돌봐주기도 했지만, 지 엄마 또래다 보니 더 그런 것 같았대요.

"지 엄마 보고 싶어 그런대요. 올케가 경식이한테 얼마나 살뜰했어

요. 지 엄마 기억이 꽤나 새롭나 봐요. 왜 안 그렇겠어요? 이제 겨우 6살인데. 동생 생각도 하고 할머니 생각도 해 참아야 하는데 저도 모르게 울음이 난대요. 어린 것이 오죽하겠어요. 별 걸 다 기억하고 있더라구요, 지 엄마에 대해서."

그 할머니와 고모는 서로 울면서 얘기를 했고 그 이야기를 전해 들은 우리 가족도 한동안 먹먹했어요. 큰언니는 우느라고 이야기도 잘 못 하고. 자기도 그만한 아들이 있잖아요.

나는 지금까지 살면서요. 오래 산 게 아니라 좀 그렇긴 한테 암이 제일 무서운 병인 줄 알았어요. 외할아버지도 그렇고 주위 분들이 그 병으로 고생하다 일찍들 돌아가셨다 들었기에요.

그런데 암보다 무서운 병이 심장마비였어요. 암은 어쨌거나 환자나 가족에게 고통이 따를지라도 1년 정도는 더 접할 시간이 있고 이별 연습도 가능한테, 이것은 그야말로 순식간이잖아요. 그것도 젊은 나이에 말이에요.

"나이 들어 돌아가시는 것은 더 사셨으면 하는 바람과 그동안의 불효 등등에 따른 안타까움에 슬픈 거지만, 그래도 돌아서게 되면 잊혀지게 되고 그래 호상이라 부르는 건데 젊어 죽음은 두고두고 잊을 수가 없어 가슴에 묻어지면서. 딸린 어린 자식들이 있는 경우에는 더더욱."

아빠는 그러시면서

"젊어 죽는 것은 부모에게도 배우자에게도 자식들에게도 못쓸일이야. 큰 죄 짓는 거야. 절대로 죽어서는 안 돼. 억지로라도 저승사자 목을 부여잡고 싸워서 이겨내야 해. 주변에서 이따금 보게 되는데 말이 아니야."

인명(人命)은 재천(在天)이라고, 사람 목숨값은 염라대왕이나 하느님 족보에 있다고들 하던데….

경식이 엄마는 본래부터가 몸이 좀 약했대요. 결혼하겠다고 처음 인사 왔을 때 그 어머니는 보자마자

"몸이 너무 약해 보인다. 어디 애나 잘 낳겠니?"

하며 걱정부터 했을 정도였대요. 허나 두 집 다 기독교 집안이었기에 별 무리 없이 진행되었는데, 이쪽 집에서는 그녀 체격이 문제였고 저쪽 집에서는 외아들이고 홀시어머니인 것이 문제였대요.

아마 우리 엄마도 그래서 반대했을 거에요. 그 아저씨는 약사에다 체격도 좋고 성격도 엄청 좋대요.

주위의 걱정과 다르게 그런데 그 집 결혼한 지 몇 달 만에 애가 들어섰고 아들을 낳았는데 그게 바로 경식이었어요. 모두들 복 받았다고 큰일 했다고 축하해 주었는데 얼마 후에는 딸 하나까지 낳았대요.

그 아줌마요 그런데 둘째를 낳고부터 몸 상태가 아주 안 좋았대요. 애 키우는 것도 집안 살림도 할머니가 했고 도와주는 아주머니도 있었는데 항상 기운도 없고 밥맛도 없다며 힘들어했대요.

산후 탓인가 해서 보약도 먹어 보고 동네 병원도 다녔는데, 별 차도

가 없어 체질 탓이려니 했대요.

사람은 무조건 밥을 잘 먹어야 한 대요. 우리 할머니 지론인데

"사람은 밥심으로 살어. 안 먹으면 죽어."

잘 먹어야 건강하고 일도 잘하고 체력도 길러지며 병치레가 없대요. 그런데 그 아줌마는 입도 짧은 것이 잘 안 먹었대요.

큰언니 친구인 경식이 고모가 큰언니와 자주 수다하면서 울면서 한 이야기들이에요. 그랬는데 그 아줌마가 언제부턴가 가슴이 답답한 것이 기분이 영 안 좋다 했대요. 체증인 줄 알았대요. 몸이 허약해서 오는 증상으로요.

누구도 심장 이상인 줄은 몰랐대요. 알았으면 검사받고 조치했겠죠. 세상일 다 그렇잖아요. 나중에 엄청 후회했대요.

동네 의원에서도 별말 없었고 그 아저씨도 약사였지만 몰랐고 근처 한의원도 별 이야기 없었다는데 누군들 알았겠어요. 30대 중반의 가정주부인데 말이에요.

몸이 약해 오는 체증으로 알고 소화제나 먹고, 이따금 할머니가 손따주면 괜찮다고 해 그냥 넘어가곤 했다는데 그날 아침만은 아니었대요. 가슴이 너무 아프다고 큰 병원으로 가자고 해 일찍부터 뭔가 심상치 않은 느낌에 대학병원으로 달렸는데…

"경식아, 엄마 병원 가서 주사 맞고 올게. 몸이 아파 그래. 할머니 말씀 잘 듣고 하나하고 잘 놀고 있어."

그러나 그것이 이승의 마지막이었대요.

응급실로 들어가 몇 가지 검사를 해야 하니 수속을 밟으라고 해 이리저리 뛰어다녔는데, 아줌마가 또 가슴이 답답해 온다고 하더니만 그만 의식을 잃고 말았대요. 의사와 간호사들이 바삐 움직였고 전기 충격 요법이 가해졌는데 의식이 돌아오는가 싶더니 몇 번의 반복 끝에 그만이었대요.

대학 병원에 걸어서 들어갔는데 젊은 사람이 몇 시간 만에 하늘나라로 가버린 거래요.

어머나! 세상에나!

"어찌 이런 일이 믿기지 않는 이런 일이 우리에게…."

그 집 식구들 모두는 무언가에 홀린 것만 같고 의사들 잘못 같기도 하고 하늘이 무너져 내린 것만 같았대요.

병원 장례식장에 빈소를 마련했는데 울음바다 그 자체였고 우는 것 외에는 할 것이 없었대요. 가족, 친지는 물론 문상 온 분들도 모두 그랬대요. 엄마, 아빠, 큰언니도 갔다 왔는데 눈들이 다 벌겋게 퉁퉁 부어서 왔어요. 경식이는 6살이고 하나는 4살, 그 아줌마는 30대 중반이라는데요.

아빠가 그러는데요. 그 무서운 심장병은, 우리 아빠 제약회사 다니잖아요. 20~30대에 오는 것과 40~50대에 오는 두 가지 유형이 있는데 전자는 체질에 의한 선천적인 것이고요. 후자는 성인병의 일종인 거래요.

앞의 것은 심장에서 온몸으로 흘러나가는 피의 통로인 좌심실 쪽

근육조직이 두터워 생기는 심근증에 심장 관상동맥의 경련에 의해 생기는 변이형 협심증 그리고 심실 확장증 등이 있는데, 이런 증상에 과로나 스트레스들이 요인이 되어 심장마비를 일으킨대요.

이런 증상들 원인 제거 치료는 현대 의학으로 그리 어렵지 않은데 미리 안다는 것이 쉬운 일이 아닌 체질 질환의 일종이래요.

후자는 관상동맥 질환인데요. 관상동맥이란 심장을 둘러싸고 있는 심장에 영양분을 주어 심장 기능을 가능케 해주는 동맥인데, 이 핏줄에 찌꺼기가 쌓여 통로가 좁아지면서 피 흐름에 문제가 생기면 어느 순간에 심장에 마비가 오는 거래요.

협심증과 심근경색증이 여기에 속하고 이것은 당사자가 조금만 신경 쓰면 자각할 수 있는 여러 징조가 있는데 대부분이 무시하고 넘겨버리는 탓에 시기를 놓친대요.

장례식은 삼일장으로 기독교식으로 했는데, 모두 눈물범벅에 울음바다로 눈물 외에는 없었대요. 큰언니가 다녀와서 해준 이야기인데 목사님도 우시느라 제대로 말씀을 잇지 못했대요.

"목회 활동 30여 년 하면서 장례예배 수도 없이 해왔지만 이번처럼 슬픈 장례 인도는 처음입니다. 나조차 한때는 하나님이 원망스러웠습니다. 여섯 살에 네 살짜리 어린 것들이 있는데, 30대의 젊은 나이인데 하나님이 불러가시다니, 어린 자식들 어찌 살라고…."

친정어머니는 너무 우셔서 목이 다 쉬었고 이따금 혼절까지 하셨대요.

"부모님 심정 어떻겠습니까? 남편 심정 또 오죽하겠습니까? 이루
말로 다 형용할 수 없을 겁니다. 오랜 병고 끝에 간 것도 아니고 며
칠 전만 해도 같이 웃고 떠들었는데 한순간에 하늘나라로 가버렸으
니. 그러나 하나님은 전지전능하십니다. 다 이유가 있으신 겁니다.
우리가 그 큰 뜻을 알지 못하기에 그 이유를 모르는 것뿐입니다. 오
로지 믿음으로 헤쳐 나가야 합니다. 이유가 있을 수 없습니다. 오직
믿음으로…."

큰언니가 그랬는데요.

"나도 교회는 다니는데 신앙이 약한 탓인지는 몰라도 그런 일이 왜
일어나는지? 하나님 뜻은 무언지? 세상에는 별의별 악인들이 많은데
등쳐먹고 괴롭히고 살인까지 하는 살 필요조차 없는 인간들이 득실
거리는데, 왜 착하고 성실하고 믿음 좋은 엄마를 여섯 살짜리 네 살
짜리 어린 것에서 빼앗아 가시는지? 하나님이 계신다면서 말이야."

나도 이해가 하나도 안됐어요. 엄마 아빠도 그렇대요. 우리 식구들
그래서 한동안 교회 안 나갔어요. 나하고 아빠는 원래가 깍두기니까
그렇지만 엄마나 큰언니는 많이 흔들렸나 봐요.

충격이 컸을 거예요. 자식 키우는 엄마들이잖아요. 헌데 지금은 다
회복됐어요. 신앙 깊은 할머니 때문에. 할머니를 엄마가 이길 수 없
고 엄마를 큰언니가 이길 수 없기에. 그런데 재미있는 것은 할머니
는 나나 재석이한테 꼼짝 못 하고 우리는 엄마한테 꼼짝 못 해요.

그리고 말 나온 김에 하는데 나는 엄마나 아빠한테 맞아본 적이 없어요. 엄마한테는 내가 맞을 짓을 안 하는 데다 재석이 통역관이 된 뒤부터는 엄마가 늘 너 없었으면 어쩔뻔했니? 하면서 엄청 좋아하니까 당연한 거잖아요.

그러면서 엄마 이따금 너 참 대단하다! 어떻게 그걸 알아듣니? 하면서 내가 외국어라도 하는 것처럼 신기해했는데 나도 잘 모르겠어요. 아마 또래다 보니 그런 것 같은데 지금 생각해 보면 나도 신기해요.

그리고 아빠야 때라는 것하고는 거리가 먼 분이고. 나만 아니고 언니들도 그랬을 거예요. 그런데 작은언니한테는 많이 맞았어요. 대든다고. 나이 차가 있기는 하지만 참견이 많다 보니 종종 대들기도 하는데 아마도 엄마한테 혼난 분풀이를 나한테 하는 것 같아요. 그 성질머리가 그럴 거예요.

요즘은 나도 많이 컸기에 참견질하면 나 이제 다 컸어. 사양할 거야. 그러면 어쭈 많이 컸네 하면서 엄마한테 일러바쳐요. 참나!

큰언니는요 작은언니하고 3살밖에 차이는 안 나는데, 내가 어릴 때부터 이미 형부 될 사람이 집에 왔다 갔다 했고 뭔가 마음에 안 들게하면 경고한다 겁을 준 데다 형부 될 사람이 막내 처제 꼬마 처제 하면서 이것저것 많이 사다 주었기에 그냥 좋았어요. 대드는 것 자체를 몰랐어요. 큰언니가 일찍 결혼했잖아요.

경석이 엄마는 그리고 화장을 했대요. 신혼 초에 자주 갔던 강가에

뿌렸다는데, 남편인 약사 아저씨가 묘지를 쓰겠다고 선산에 자리 하나 잡겠다고 했는데 장인께서 반대하셨대요.

"한 서방. 나도 자네 이상으로 자식도 있고 하니 산소 만들고 싶네. 그러나 자네를 위해서나 자식들을 위해서 좋은 방법이 아닐세. 앞으로 새엄마도 들여야 하는데 잊을 사람은 빨리 잊는 게 좋아. 흔적을 만들어 놓으면 다니게 되고 생각도 나고."

화장 절차는 두 시간 만에 끝났대요.

큰언니 말이 사람 사는 것 또 한 번 허망했대요. 한 줌의 흰색 가루만이 덩그러니 놓여있는데 되씹고 되씹어지는 우리네 삶이었대요.

"죽으면 다들 저 모양이 되는 건데 왜들 그리 아등바등하면서 살아야 하는지? 길지도 않은 시간에 뭘 그렇게 많이 취하고 누린다고? 얼마나 폼 잡고 뽐내본다고? 얼마나 자신을 드러나게 하고 영원하다고 그 짧은 젊음을."

훌쩍이며 가라앉은 목소리로 이야기하는데 분위기가 철학자 만들었나 봐요. 덩달아 식구들도 숙연해졌고요.

"속세의 삶이 어울려 사는 삶이다 보니, 또 그렇게 휩쓸려 사는 거지 뭐."

그리 끝맺는데 우리 가족 참 말 잘해요. 큰언니까지 저리 보태고 있으니 말이에요.

아빠도 뻥은 좀 있지만 말 잘하죠. 엄마야 익히들 아시듯이 동네에서 소문난 면허 없는 변호사고요. 할머니 이사 가고 나서 이어받았지만 말이에요. 거기다 작은언니도 그렇죠 내 실력은 이미 아시는 바와 같은 거고요.

재석이가 좀 문제이긴 한데 핏줄 어디 가겠어요. 지금도 말할 때 좀 끙끙거리기는 하지만요.

경식이 울음 병은 아직도인데요. 전보다는 나아졌지만 그래도 병원에 가봐야 하는 것은 아닌가? 병 아닐까? 모두 걱정을 하고 있는데 언니 친구인 고모가 점점 좋아지고 있으니 조금 더 지켜보자고 해 그러고들 있었데요. 그런데 어느 날 유치원에서 돌아온 경식이가 제법 의젓한 자세를 취하며

"할머니, 나 울음 병 고치는 방법 알았다." 하더래요.

할머니는 놀랍기도 하고 대견하기도 해 경식이를 끌어안으며

"그래, 그게 뭐야?" 물었는데

"새엄마가 있으면 되는 거야. 고모 같으면 되는데 고모보다는 이뻤으면 좋겠어. 엄마처럼."

"어이쿠, 내 새끼야 어이쿠"

할머니는 손자를 끌어안고 한참을 울었대요. 어린 것이 너무 안쓰럽고 짠해서 그리고 모든 것이 슬프고 먹먹하고 답답하기도 해 견딜 수가 없었대요.

눈물이 그치지를 않더라고 딸에게 말했다는데, 언니 친구인 고모는 그 이야기를 들으면서 한참을 울었고 언니하고 통화하면서 또 한

참을 울었대요.

경식이 고모는 경식이 엄마 그리되고 나서 근처로 이사까지 와 애들 뒷바라지에 할머니 말벗하며 참으로 고생이 많았대요. 그러나 자기 엄마에 비하면 아무것도 아니라고 엄마 생각만 하면 잠도 안 온다고 하며 또 운대요. 자기 엄마 팔자도 참 기구하다면서.

경식이 할머니는 30대 중반에 홀로되셔서 자식들 키우고 공부시키느라 안 해본 일 없이 많은 고생을 하셨대요.

"그 고생 덕에 아들 약사 만들어 예쁜 며느리 들이고 사위도 보고 손자들 재롱에 그간 고생 보상받으며 사시는가 했는데, 며느리 먼저 하늘 보내고 어린 손자들 키우며 홀아비 아들 뒷바라지하고 계시니…."

큰언니 통해 듣는 그 할머니 이야기인데요. 그 할머니 이것만이 아니었어요.

아들 둘에 딸 하나를 힘들게 키우셨는데, 둘째 아들을 그러니까 그 언니 바로 위 오빠를 중학교 때 사고로 먼저 하늘나라 보냈대요.

세상에나!

그 할머니는 그런데 그때도 큰 내색 없이 지내셨대요. 엄청 슬프셨을 텐데 남은 자식들 때문인지 하나님만 열심히 찾으며 열심히 사셨대요.

우리 할머니가 그러셨는데요.

"가슴엔 피멍 들었을 거야. 그 할멈 팔자도 참. 그러나 복 받을 거야 잘 살았으니까. 자식 대에서라도."

내가 보기에도 대단하신 분 같아요. 아무나 할 수 없는.

"속이 어떠셨을까, 말도 아니었을 거야. 본인 삶 이야기는 장편 소설 감이라 했는데 지금 또 보태고 있으니. 엄마 생각만 하면 늘 가슴이 미어져. 한 여자로서, 엄마로서, 할머니까지."

그 언니는 그러면서 속 터놓고 이야기할 친구가 있어 너무 좋다 했다는데 큰언니 말 전하면서 또 울고 엄마도 덩달아 울고.

큰언니는 요즘 눈물 속에 사는데 애들 때문에 웃는다고 자랑도 해요. 자주 울다 보니 환이, 예은이가 빠끔이가 돼가지고 아주 말을 잘 듣는대요. 잘 뛰지도 않고 아양도 잘 떨고.

"덕분에 효자, 효녀 얻었네."

경식이가 그런데요 근래에 들어 몰라보게 달라졌대요. 이따금 숨어 울기는 하는데 어디서 들었는지, 새엄마 오려면 의젓하고 씩씩해져야 한다고 자기 일도 스스로 하려하고 동생 하나도 잘 챙기며 울음도 잘 참는데 그런 것이 더 측은하면서 안쓰럽대요. 전에는 툭하면 울고 징징거리고 하나하고 싸우고 밥 먹을 때는 누군가가 꼭 달라붙어야 했고 남의 집에 가서 자는 것은 생각도 못 했다는데요.

이제 겨우 6살이잖아요. 환이 또래인데 재석이는 또 어떻고요.

그래서 나 요즘 기도 엄청해요. 비록 깍두기지만 기도 발 좋은 할머니 백을 믿으며 나를 위한 기도가 아니라는 점을 강조하며 하나님께 아주 강력하게 빌어요.

"경식이 새엄마 아주 마음 착한 새엄마로 빨리 왔으면 좋겠어요. 빨리 보내주세요. 그 어린 것이 밝고 맑게 행복해질 수 있도록. 동생 하나라는 애와 함께. 하나님, 꼭 들어주세요. 믿습니다. 아멘."

기도가 쉽지 않은 일인데 열심히 자주 했어요. 그리고 엄마한테 자랑 겸 얘기했는데

"애썼다. 착하다. 그런데 쉬운 일은 아니야. 남의 자식 키우는 것도 그 집 여건도. 어른 세상은 이런저런 복잡한 일이 많아."

나도 어른인데 알 만큼 아는데. 그러니까 하나님께 기도하지 왜 하냐? 하나님 믿는다면서.

솔직히 기분 나빴어요. 속으로 한참을 씨부렁거렸는데 그래도 기도만큼은 꼭 이루어졌으면 좋겠어요. 경식이와 그 동생 하나를 위해서 꼭이요.

9

"재희야, 빨리 일어나. 7시 30분이야. 그러다 또 학교 늦는다."

아침마다 반복되는 엄마와 나의 하루 일상인데요. 중간고사가 며칠 안 남아 밤늦게까지 공부를 하다 보니 요즘에는 아침에 일어나기가 쉽지 않아요.

이제 고1이니 지금부터가 시작인데 엄마도 나도 고생 시작인 거죠 뭐. 아마 언니들도 그랬을 거예요. 그때는 엄마가 젊었기에 힘은 좀 덜 들었겠지만.

엄마한테 미안하기는 한데 내색을 하기가 쉽지 않네요. 그런데 재석이도 있어요. 재석이는 나보다 3살이나 어린데, 참…

아빠가 많이 도우실 거예요. 도우셔야지 어쩌겠어요. 엄마가 힘들다는데. 그러다 그런 쪽으로는 만만치가 않은 아빠인데 많은 핑곗거리가 있을 거예요.

엄마는 그래 요즘 여기저기 하소연을 하고 다니는데요.

"일어나기 싫어하는 애 아침마다 깨우는 거 큰 고역이야. 위에 둘을 힘들게 마쳤는데 또 둘이 남았고 이제 하나 시작이니. 그때는 젊기나 했지. 답이 없다 답이…."

　어쨌거나 내가 끝나면 중요한 재석이가 이어질 거니 엄마의 애창 곡은 아마도 상당 기간 계속될 거예요.

　"재석아, 너도 일어나야지. 여보! 애들 좀 깨워요."

　엄마는 그리고 힘들고도 중요한 일을 또 하는데, 맛도 있고 영양도 풍부한 아침상을 준비하는 거예요. 대부분의 엄마들도 늘 하는 일로 별로 생색내지 않으나 신경 안 쓰면 크게 표시가 나는 주부들의 숙명 같기도 한 일이죠.

　그러나 요즘 젊은 엄마들은 맞벌이 부부는 말할 것도 없고 아침상이 없대요. 우유와 켈로그에 애들이 있으면 식빵에 달걀 후라이 정도 추가래요.

　우리 집은 아침상이 늘 풍성했어요. 아빠가 옛날 분이라 그런지 식성이 좋아 그런지, 늘 아침상 깨끗이 비웠고요. 전날 술을 엄청나게 드셨어도 그랬어요. 식구들도 잘 먹었고요.

　엄마 잘 만난 덕분이에요. 아무리 식성이 좋아도 안 차려 주면 맛없으면 못 먹는 거잖아요. 엄마는 아빠한테 싫은 소리 꽤 하는데도 아침상은 언제나 든든하게 준비하세요.

　"돈 벌러 가는 사람인데 아침은 든든히 먹여 보내야지. 아내라는 사람이."

　우리 엄마 젊은 세대는 아니죠.

　요즘에 이런 말이 있대요. 아침 못 먹고 나가는 사위 보고는 장모가 요즘은 다 아침 안 먹고 다닌다네 하면서, 시어머니 돼서는 일하러 가는 사람 아침도 안 챙겨주고 잠만 퍼질러 자고 있어 하며 흥분하고 흉본대요.

옛말에는 봄에는 밭일에 며느리 내보내고 가을에는 딸 내보낸다 하고요. 봄볕이 가을볕보다 쎄대요. 역시나 시대를 안 가려요 대물림하는 것이 말이에요.

"어머나! 재희야."

엄마는 아빠가 애들 깨웠겠지 하고 다소 방심을 하고 있었는데, 거실 시계가 8시를 쳤고 깜짝 놀라 내방으로 뛰어 들어왔는데

"뭐, 8시! 난 몰라. 늦었잖아. 엄마 빨리 좀 깨우지. 늦었잖아."

그리고는 주둥이가 한 뼘은 나와 가지고 부랴부랴 씻고는 교복 주워 입고 휑하니 나가 버리더래요. 차려놓은 아침상은 거들떠보지도 않고 투덜거리면서요.

나인데요. 아빠한테 나중에 들은 이야기예요.

엄마는 종종 있는 일이라 내색은 안 했지만, 마음 한구석 분하면서도 짠했대요.

몇 번을 깨웠는데도 안 일어나더니 안 깨웠다고 투정 부리면서 차려놓은 밥도 안 먹고 휑하니 나가는 딸년이, 괘씸하기도 하고 얼마나 피곤하고 힘들면 저럴까 어미 마음에 측은하기도 해 그랬대요.

그런데요. 그 또래 학생들 다 그렇지 않나요? 나름대로 이유도 있

고. 그러나 부모님 입장에서는 그럴 수도 있겠다 싶기도 해요.

아빠하고 재석이가 또 한바탕 북새통을 치고 나갔고.

작은언니는 일찍 나가요, 출근길 막힌다고. 자가용 몰고 다니거든요. 회사 근처 헬스장에서 가볍게 운동하고 화장하고 아침 먹는대요. 빵하고 커피라는데 요즘 젊은이들 모습이 보이잖아요.

어쨌거나 효녀예요. 나는 중2병을 통과한 고1이고. 엄마한테 잘해야 하는데 알기는 아는데 언젠가는 하게 되겠죠. 아빠한테도 그렇게 말했어요.

엄마는 한참 만에야 안정을 찾았는데 일거리는 그때부터가 시작이었대요. 빨래 더미에 방 청소에 주방 정리까지 늘 하는 일인데 산더미였대요.

해도 별 표시 안 나는 안 하면 엄청나게 표시나는 그 일인데, 모든 것이 깨끗이 정리되어야 하고 먼지나 머리카락 등이 남보다 먼저 눈에 띄는 깔끔 엄마 성격 탓도 커요.

한바탕 청소와 빨래를 했는데 온몸이 땀투성이에 끈적끈적해 목욕하기로 했대요. 오랜만에 욕조에서 제대로 하고 싶어 물을 가득 채웠는데 심신이 나른하고 개운한 것이 너무도 좋았대요.

아무 생각도 없는 무념무상의 상태, 멍 때리는 그 상태가 너무 좋다고 아빠한테 그랬대요.

그때요. 때아닌 전화가 엄마의 망중한을 깨웠는데 받을 수도 없는 상황이라 그대로 두었대요 안 받으면 끊겠지 하면서. 그런데 전화

소리가 그치지를 않았대요. 계속 이어지는 것이 왜 있는데 안 받아 하는 것처럼.

한참 만에야 멎었는데 기분이 참 묘했대요. 걱정도 되고 그러면서 한편으론 아무리 50대 토마토라 해도 그렇지, 밝은 대낮에 여자가 벌거벗은 몸으로 뛰어다닐 수는 없잖아? 죽기 살기 일도 아닌데 하는 생각이 들며 저절로 웃음이 터져 나왔대요.

아니, 이 와중에 웬 토마토야? 나도 이제 나이는 어쩔 수 없구나!

아빠 친구들 모임이 있는데요. 구일회라고. 고등학교 동창들 모임인데 9명이 하나처럼 움직이자고 아빠가 지었대요.

형민이 아저씨 등등인데 남자들끼리도 만나고 부부동반으로 만나기도 하는데 여행도 다니시고 그래요. 서로 오래 만나다 보니 스스럼이 없는데 요즘에는 나이도 있어 대화들이 예전 같지 않고 야한 얘기들이 많대요. 무슨 말인지 나는 하나도 모르겠는데, 아빠가 전해준 이야기에요.

"여자들은 과일에 비유하면 말이에요. 20대는 호두이고 30대는 포도 40대는 바나나 50대는 토마토래요. 호두는 많은 공을 들여야 하고 포도는 물 많은 단맛이고 바나나는 보드랍기도 하면서 달콤한데 토마토는 과일도 아닌 것이 과일인 채 하면서 물컹물컹해서 그랬대요 하하하…."

우리 아빠였대요. 나서기 으뜸인 아빠 역시나.

모두 배꼽을 잡으며 한참을 웃었는데 한수 엄마라는 분이 거들고 나왔대요.

"그러면 60대는 연시겠네. 과일은 과일인데 온통 물컹물컹한 것이 호호호…."

엄마는 속으로 밥 먹고 할 일없는 사람들 참 많네 이상한 쪽으로 머리 좋은 사람들도 많고 하면서 따라 웃었는데 한편으론 괜히 창피했대요.나중에 엄마가 따로 말해줬어요.

30대 40대에는 집 문제 애들 교육 문제가 주된 대화 내용이었고, 꺼내지도 못할 말들이었는데 지금은 스스럼없이 얼굴도 붉히지 않으며 이야기들을 한 대요. 그런데 아빠가 남자들을 비유하면 어쩌고 하며 또 나서려 해 엄마가 허벅지를 꼬집으며 막았대요.

"따르릉… 따르릉…"

또 전화가 울렸대요. 엄마는 깜짝 놀라 정신을 추슬렀는데 상황은 아까와 다를 바가, 아니 더 나빠졌는데요. 머리에 온통 비누칠을 하고 있었대요.

가슴은 마구 쿵쾅거렸고 어쩔 수는 없고.

한참을 울리던 전화 소리는 한참 만에야 멈췄는데 거실 시계는 11시를 알렸대요.

어디서 온 전화일까? 혹시 남편한테서 온 것은 아닐까?

두 번씩이다 보니 아까와는 달리 불길한 생각도 들고 걱정도 많이 되었는데 그 나이 엄마들은 다 그렇대요. 이러저리 걸리는 게 많다 보니 걱정 근심이 줄을 서는 것은 당연한 거래요.

은철이네도 이 시간쯤 회사에서 전화가 왔다는데…

우리 옆집이에요. 내 친구인데 그 애 엄마가 우리 엄마보다 나이도 어리고 애들도 어려서 형님, 형님 하면서 잘 따랐어요.

아침 일찍 평소처럼 출근한 은철이 아빠였는데, 11시쯤 회사에서 전화가 와 지금 성모병원 응급실에 있으니 빨리 가보라고 해 엉겁결에 달려갔는데 가보니 은철이 아빠 이미 이 세상 사람이 아니었대요.

교통사고였는데 우리 집 이웃집들 모두 다 깜짝 놀랐어요. 엄마, 아빠 장례식장 다녀왔는데 그 집도 애들이 어리잖아요. 온통 울음바다였대요.

아빠는 그때 한동안 운전 안 했어요. 엄마 잔소리도 있었지만 아빠도 꽤 놀랐나 봐요. 충격이 컸던 건데 얼마 후 도로 제자리 됐어요.

운전을 안 할 수가 없대요. 영업이니까. 거기다 아빠는 운전을 엄청나게 좋아해요. 차 꾸미는 것도 대단하고 차는 타이어가 생명이라며 외제만 고집하는데 엄청 비싸대요. 엄마 잔소리는 덤이고.

운전도 잘하는데 모두가 인정하는데요. 30년 무사고 모범 운전자라고 수시로 자랑하다가 엄마한테 또 한 소리 들어요. 자연스런 우리 집 모습이에요.

그런데 은철이네 참 안됐어요. 애들이 아직 어린데 아빠가 안 계시니. 보상금은 많이 나왔대요. 회사에서. 그래 은철이네 얼마 안 있다 아파트로 이사 갔는데 은철 엄마가 회사 나간대요. 엄마가 다행이라고 잘된 일이고 잘 살았으면 좋겠다고 했어요.

 남편에게 무슨 일이? 아닐 거야?. 요즘 좀 잠잠하기는 했는데, 아니겠지….

 엄마는 조바심이 나기 시작했고 목욕을 빨리빨리 했는데, 침착하자 마음을 다잡자 했는데도 생각이 계속 날개를 폈대요.

 혹시 친정에서 온 것은 아닐까?

 큰외삼촌네인데요. 외삼촌댁에 사는 할머니가 요즘 뜸하세요. 나이 탓도 있는 데다 얼마 전 친구 할머니 쇼크 탓에 내가 보기에도 많이 쇠약해지셨어요. 엄청 바쁘게 여기저기 할 일 많다며 돌아다니시던 분인데요.

 엄마는 순간 너무 무심했던 것이 화도 나고 슬퍼지면서 걱정이 줄을 섰대요. 외할아버지가 이맘때쯤 돌아가신 것이 떠오르면서 더 그랬대요.

 당장 찾아가 봬야지. 참, 아버지 기일도 근처일 텐데 어머니에게 무슨 일 생긴 건 아니겠지?

 생각들이 꼬리를 물었대요.

 근래 들어서 할머니는요. 이제 살 만큼 살았는데 자다가 그대로 하늘나라 갔으면 좋겠다 그게 소원이다 하면서 누구는 요양병원에 가 있고 누구네는 집에서 고생하고 있어. 빨리 가야지 자식들 고생시키지 말고 가야지 수시로 그러셨는데요.

아마 속으로는 더 사시고 싶으실 거예요.

"노인분들 빨리 죽어야지 하는 말, 노처녀 시집 안 간다는 말, 장사 꾼 밑지고 판다는 말 3대 거짓말이라고 하잖아. 개똥에 굴러도 이승이 좋다는 옛말이 괜히 있겠어. 가는 사람만 억울한 거지. 물론 사는 것 같이 살아야 하지만." 아빠 말씀이에요.

우리 집은 친가 쪽으로는 할아버지 할머니가 일찍 돌아가셨고 고모는 미국 살고 있고 큰아빠는 부산 계시고 막내 삼촌이 얼마 전 결혼해서 작은아빠 됐지만, 멀리 떨어져 살아서들 그런지 뜸해요.

외가 쪽은 자주들 오가며 살아 그런지 살가운데, 엄마에게 시 자가 붙어서 그런지는 모르겠지만 말이에요.

엄마는 그러다가요. 이번에는 소영이 아줌마에게로 넘어갔다는데 자신도 모르게 이어지는 시리즈 연속극 같은 것이 시작도 끝도 없더래요. 그 얼치기 아줌마요. 엄마하고 아주 친한 여고 동창인데 여러모로 엄마와 비슷해서 단짝이래요. 절친이에요.

수시로 전화 통화도 하고 만나기도 하는데 수다가 장난 아니에요. 그때만 그렇게 힘이 난다는데 남편들 성격도 비슷하고 자식 공부에 생활 수준까지 엇비슷해 틈 생길 게 없대요.

그 아줌마가 요즘 부부 싸움 끝에 냉전 중이라는데, 그때마다 다독 여주고 위로해 주는 게 또한 서로의 일이래요. 남편 욕도 하고 자식들 흉도 보면서 자신들 신세타령도 하고요.

요즘 그래서 빈번하게 통화하고 있다는데요.

이번에는 좀 심각하던데 사단이 난 건 아니겠지? 자식들 생각해서 참으라고 했는데, 남자들은 왜 다들 그 모양인지 몰라? 술과 여자라면 사족을 못 써요.

대충 씻고 나오자마자 전화기를 들었대요. 먼저 아빠에게 전화를 넣었는데, 때때로 밉상이기도 하지만 그래도 자식 낳고 살 맞대고 사는 사람이기에 우선은 아빠였대요.

"웬일이야 일찍부터?"

많은 걱정 속에 한 전화였는데 아빠 좀 퉁명스러웠대요. 그러나 어쨌든 안심이 되었기에 안도하면서…

"집에 전화했었어, 조금 전에?"

"아닌데. 집 비우고 어디 갔었어? 나 바빠."

"알았어. 일찍 들어와요."

"오늘 나 약속 있는데."

"또 술이야?"

"업무에요. 요즘 일찍 들어갔잖아. 나대지마씨. 요즘 차분합니다. 사고 안 칩니다."

엄마는요 이따금 우리에게 니 아빠는 참 유별난 사람이야. 언제나 가슴만 있어 머리가 없고. 그렇게 얘기를 해도 한 귀로 듣고 흘리고. 내 팔자지 누구를 탓하겠니 하곤 했는데요. 우리도 이해는 하는데 어쩌겠어요? 엄마 말마따나 팔자려니 해야지.

엄마는 이어 부리나케 큰외삼촌네로 전화를 했는데 전화를 안 받더래요. 신호음이 꽤나 갔는데도 외숙모가 없으면 할머니라도 받아야 하는데요.

가슴이 마구 방망이질했대요. 무슨 일 있는 것 아닌가 하고 놀라 뛰는 가슴을 진정시키며 다시 걸었는데 한참이 지난 후에야 할머니가 전화를 받았대요.

"엄마, 별일 없으시죠? 몸은 어떠세요?"

"괜찮다."

다소 안도가 되면서 놀란 가슴을 진정시켰는데 슬며시 화가 치밀더래요. 시누이 본색이 드러난 거죠.

"올케는 어디 갔어요? 아침부터 어디를 쏘다닌대요. 가정주부가? 아침은 드셨어요? 일없는 사람들이 괜히 바쁘다고 하더니만 노인네 홀로 두고."

자신도 바로 전에 목욕하는 관계로 전화를 두 번씩이나 못 받았고 가정주부라도 아침에 밖의 일이 있을 수 있는 건데. 솔직히 말해 그때가 아침도 아니었고요.

엄마도 나중에 생각해보니 괜한 소리 한 것 같아 마음이 안 좋았대요. 내내 마음에 걸렸다고 아빠한테 그랬대요.

엄마가 외숙모 앞에서 한 거는 아니지만 어쨌든 속마음이 튀어나온 거니까. 시어머니 모시고 사는 게 쉬운 일도 아니고 애들 뒷바라지에 지금은 다 나았지만 그래도 암 수술받은 남편 챙기는 일까지

고생하며 사는데, 할머니 생각이 앞서다 보니 화가 나 그랬는데 잘못한 거 같다고, 기독교 신자라며 또 윗사람인데 미안하고 자책감 많이 든다고 아빠한테 말하고 또 하고 그랬대요. 큰외삼촌 돈은 잘 번대요. 회계사래요.

그리고 나서 엄마는 찜찜한 것은 못 남겨두는 성격이라 소영이 아줌마한테도 전화하려는데 순간 전화 소리가 요란스럽게 울렸대요. 깜짝 놀라 전화기를 집어 들었다는데

"엄마, 어디에 전화를 그리 오래 해? 아까는 전화 받지도 않고. 핸드폰은 꺼져있고."

아까부터 그 혼쭐을 빼며 이어지는 드라마를 만든 전화 장본인이 바로 나였는데요. 나도 놀랐어요. 이렇게까지 일이 번질 줄은 꿈에도 몰랐기에요.

"아침에 급히 오느라 미술 과제물을 빠뜨리고 왔어. 오늘 실기 평가받아야 하는데 오늘 제출 안 하면 점수 없대. 엄마가 지금 가지고 와."

딸들은 엄마에게 어느 집이나 다 애물딴지래요. 시집가기 전까지는 다듬고 보살펴 가꿔줘야 하고, 혼기 때에는 안으로 밖으로 살펴 믿음직한 남자 만나게 해 시집보내야 하고, 보내고 나서도 이런저런 도움에 끝이 없는 애물단지래요.

이것이 엄마가 아빠한테 늘어놓은 한 보따리 넋두리에요.

"당신은 걱정이 없어 좋겠다. 복 받았다. 나는 이런저런 걱정에 부

딪히는 일로 바싹바싹 늙어가고 있는데. 명희, 정희 끝내났더니 이제 재희가 애먹이고 있어 재석이도 있고. 당신은 진짜 부인 잘 얻은 줄 알아. 늘 업고 다녀도 부족해."

바가지도 엄청났고요. 그날 엄마 술 엄청나게 마셨다는데 취하지도 않는다고 하면서, 아빠는 자신은 면역이 되어 괜찮다며 엄마한테 잘하라고 신신당부했는데요.

그 전화가 정말 이렇게까지 복잡한 연속극을 만들 줄은 상상도 못했어요. 내 탓도 있지만 엄마 성격도 참 그래요.

국어 선생님이 그랬는데요.

우리 엄마처럼 생각이 많은 사람들은 그 생각들이 많은 의심과 걱정의 꽃을 피워 끊임없이 고통의 열매를 만들기에, 때마다 왜?를 불러내 생각의 가지를 마구 잘라내어 걱정과 근심의 꽃을 피우지 못하게 해야 한 대요.

왜 그런 생각을 하지? 필요 없는 건데, 그냥 덧붙이는 거 아냐? 하면서. 잘라내야 열매를 못 맺어 고통이 안 오고 평안할 수 있대요. 자꾸 꽃 피려 하면 마구 잘라내야 한 대요.

국어 선생님은 깊이도 있는 게 아는 것도 아주 많아요. 이런 말도 해주셨는데

"책이나 잡지, 강연 등에서 멋있는 말, 중요한 글, 느낌 있는 말들을 접하게 되면 모두 옮겨 적어나. 그리고 수시로 보고 느끼며 마음에 담아서 내 것으로 만들어. 그러면 여러모로 쓰임도 있고 내 자산

이 되는 거야.“

“많은 사람이 듣는 대로 믿고 읽은 대로 그대로 믿어. 되새김질 해야 하는데, 필터링을 해야 하는데 말이야. 내공이 있어야 하는거 야.”

“선생 수준은 학생 수준에, 목회자 수준은 신도 수준에, 정치 수준 은 참여하는 국민들 수준에 비례해. 낮으면 낮아지고 높으면 높아지 는 선순환 구조야. 시간이 걸리는 거지. 구성원들의 많은 노력이 필 요한 거고.”

느낌이 있는 게 좋은 말 같아서 늘 가슴에 담으려 해요.

그런데요. 엄마의 그 무수한 상상력이요 그런 상황이라 근심 걱정 으로 변해 그렇지, 이야깃 거리로 나간다면 작가 수준이 아닐까요? 그럴거에요. 나는 그 피를 이어받았기에 당연히 애쓰고 노력하면 좋 은 작가가 될 거고요. 꼭 그렇게 될 거에요.

10

엄마가 수시로 우리한테 "공부해 공부 안 해" 하면서 닦달할 때, 아빠가 해주는 나와 재석이가 하늘 날듯이 기뻐하는 가훈 같은

"공부가 다가 아니야. 가정의 화목을 깨서는 안 돼. 다 타고난 능력이 있는 거야."

이런 말을 만들어 낸 슬픈 이야기인데요.

"사람 구실 못하는 것이 원…. 딸년들 반만이라도 했으면…."

아빠 회사 사장님네 이야기인데요. 사장님 심기가 요즘 들어 아주 불편하대요. 집안 식구들은 물론 회사 사람들까지 눈치 살피기 급급할 정도로요.

아빠가 그 회사 작을 때부터 다녀서 사장님하고 친하고 또 아빠 말로 자기가 키운 회사라고, 자기 없으면 안 된다고 술김에 하곤 하셔서 알 수 있는 사장님네 이야기인데요.

회사 잘 돌아가겠다 사장님 건강하시겠다 걱정거리 없을 것 같은데 하나밖에 없는 아들 때문에 그렇데요. 아빠 말씀이에요.

사장님은 자수성가한 분인데 타고난 능력과 체력으로 회사를 크게 일군, 지금은 제약회사 사장님이시고 아빠가 다니는 회사예요. 아빠는 상무님이고, 회사가 몇 개 더 있어 회장님이기도 한 요즘엔 다들 그렇게 한 대요. 대단한 분인데요.

처음엔 먹고살기 위해서 열심히 했는데요. 회사가 커지면서 직원도 늘어 딸린 식구들에 대한 의무감과 더 큰 꿈을 위한 성취욕에 열심히 달리다 보니, 운도 따라 회사가 몇 개가 되었고 덩달아 회사에 대한 집착과 함께 자식에 대한 기대감도 커져 갔대요.

사장님은 결혼이 늦어 일 때문에 그랬겠지만 딸 둘에 늦둥이 아들 하나를 두었는데, 아들이 늦은 데다 외아들이다 보니 더 각별했대요. 사업이 바빠 시간은 잘 못 냈으나 마음만은 늘 가까이하려 했고 물질적인 것만큼은 아주 풍족하게 해주었대요.

사립 초등학교를 보냈고 어려서부터 학원과 개인 선생으로 줄을 세웠는데 그 탓에 중학교까지는 제법 공부를 했으나 고등학교 때부터 아니올시다 더니 대학은 삼수까지 해 지방대학에 턱걸이했대요.

사장님 낙담에 상심이 이루 말할 수 없었다는데 한숨만 들이쉬고 내쉬고. 그러나 대학 공부는 고등학교 때와는 다르다는 주위의 말에 다소 위안을 받으며

"그냥 열심히 공부만 해. 조만간 서울에 있는 대학으로 옮겨줄 테니. 대학 공부는 고등학교와는 다르다 하니 제발 공부에 재미 좀 붙여."

그런데 아버지와 아들의 어긋나기는 이제부터가 시작이었는데 아무도 몰랐대요.

우리 아빠요. 예전부터 사장님 개인 일 많이 했대요. 집사였던 거죠. 지금은 직급이 있어 중요한 일만 하는데, 소양인이라 나서기 좋아하고 사람 만나는 거 좋고 아는 사람도 많은 데다 음주 가무에도 능하다 보니 잘하셨겠죠.

"태일 군 어머니 되세요? 학교에 좀 오셔야겠는데요. 말씀드릴 게 많아서…."

태일이는 사장님 아들 이름이에요. 지방 생활이 시작되었는데 잘하고 있는 줄 알았대요. 이따금씩 올라와 잘하고 있다 했고 아들과의 관계는 다른 집과 마찬가지로 서먹서먹한 상태인데다 떨어져 있다 보니, 사모님이 잘한다고 해 그런 줄만 알았대요.

사장님은 편입에만 신경 쓰고 있었대요. 사실은 우리 아빠가 다 알아보고 있는 거지만, 그런데 어느 날 학교에서 갑자기 연락이 와 달려가 보니 학교생활이 말이 아니었대요. 출석도 엉망이고 성적도 엉망이고.

처음에는 잘했대요. 학교에 마음 붙이고 공부도 열심히 해 아버지와 친해지고도 싶고 마음에 들고도 싶어서. 그러나 마음 같지 않은 것이 오래가지를 못했대요.

학교 분위기도 싫고 촌스러운 데다 공부하기도 싫고 친구들도 시시한 것이 잘못 길들여진 탓에, 자연스레 학교는 뒷전이었고 유흥장으로 술집으로 서울 친구들과 여자애들과 어울리면서 그랬대요.

나중에 사장님한테 아빠가 들은 내용인데 그 당시 사장님 아빠하고 술 엄청 드셨대요. 아빠가 개인 일 많이 돕는 데다 남사스러운 일이라 그랬나 봐요.

집집마다요. 딸은 아빠하고 잘 통하고 아들은 엄마하고 잘 통한다고 동성보다는 이성이 쉽고 편해서 그런 것 같은데, 그 집도 아들이 사모님하고는 대화도 잘하고 잘 통하면서 사모님이 사장님 몰래 이러저러한 일 많이 처리했대요. 돈도 꽤 주면서.

"사장님 아들 잘못된 데는 알게 모르게 사모님도 크게 한몫했어. 좀 모질게 해야 했는데 너희 엄마처럼."

아빠가 그랬는데요. 그러자 엄마 큰 제스처를 쓰며 나는 돈이 없어. 그런 돈 좀 갖다 줘봐 소원이다. 해서 한바탕 웃었어요.

학교에 통사정해서 정리해놓고 올라온 사장님은, 몇 날 며칠을 사모님께 화풀이하면서 분을 삭이셨대요. 도대체 이해할 수가 납득할 수가 없어서

"버러지 같은 놈이."

사장님 18번인데요. 싹수없다고 틀렸다고 생각되는 사람에게 경멸적으로 쓰는 말이래요.

아들이 들어왔는데 그 일이 터지고 여러 날이 지난 후였대요. 사장님은 예의 그 성질이 터져

"무슨 염치로 들어왔어 이놈아. 그렇게 알아듣게 이야기했고 챙겨주고 하는데 하라는 공부는 안 하고 뭐? 이 버러지 같은 놈이….."

언제부턴가 사장님은 아들과 대화할 때 고운 말보다는 욕지거리가 먼저 튀어나왔고 손도 올라가곤 한 대요.

원래가 다혈질인 성격인 데다 아들이 자신과는 비교도 안 되게 유복하고 풍족한 환경 속에서 게으르고 못하는 것이, 딴 길로 새는 것이 이해도 안 되고 정도 떨어져 그랬대요.

아들은 저도 큰 잘못한 것을 아는지라 평소와는 다르게 눈물까지 흘리며 여러 변명에 잘못을 빌었는데요. 사모님까지 합세해 그것만이 살길이라고 모자가 미리 입 맞춘 것 같았는데 부모 마음에 미우나 고우나 자식이기에

"당분간 집에서 근신하고 있다가 군대나 갔다 와."

군대 갔다 오면 사람 될까 해서 그랬대요.

그랬더니 군대보다는 미국 유학을 가겠다고 영어는 잘한다고 자신 있다고 하는데, 전에도 아내를 통해 간접적으로 듣기는 했지만 될성부른 일도 아닌 것 같아 사장님은 무시했대요.

"정말 열심히 할게요. 잘하겠습니다. 변화를 가져보고 싶어요. 다시는 아버지 실망시켜 드리지 않겠습니다."

몇 날 며칠을 안 하던 짓도 해가며 사모님과 함께 조르는데 귀가 솔깃해짐을 어쩔 수가 없었대요.

괜히 가기 싫다는 군대에 보냈다가 사고라도 쳐 막가는 인생 되면

어쩌나 걱정도 되었기에.

그렇게나 하고 싶다는데 잘하겠지. 맹세까지 하잖는가? 늦공부도 있다는데…. 영어가 트이면 미국 대학에 편입이라도 시켜야겠다.

사장님 결국 허락했대요.

우리 아빠가 또 등장하는데요 고모가 미국에 사시잖아요. 그쪽 오빠들 미국 대학 다니고. 샌프란시스코에 사세요.

고모에게 연락이 갔고 거기에 있는 대학과 집을 주선했데요. 그리고 사모님이 당분간 미국에 가서 아들과 함께 있기로 했고요.

"김 부장 수고 많았어. 고생했어. 여러 가지로 애쓴 거 잘 알아. 나 요즘 기분이 너무 좋아. 아들놈도 이제 철드는 것 같고. 몇 년 잘 버티면 미국 대학 졸업장 있겠지. 일이 잘 풀리는 것 같아 좋아. 고맙네."

사장님에게 큰 점수 따셨대요. 아빠도 큰 짐 덜었다며 엄청스레 좋아하며 여러 날 술 드셨는데요 접대야 접대하면서. 엄마도 크게 뭐라 안 했는데요.

대신에 우리한테 나와 재석이지만, 너희들은 미국 갈 생각 꿈도 꾸지 마 우리나라에서도 다 할 수 있어 했는데 나도 관심 없었어요. 이미 진로 결정했거든요.

큰 공부 안 하는 대학 갈 거라 했잖아요. 헤어디자이너나 메이크업 아티스트 할 건데 우리말로 하면 좀 그래 영어로 할게요. 영어 병은 아닌데 우리말로 하면 촌스러운 것이 아줌마 냄새가 물씬 나는 게 외래어라 그런가 봐요.

엄마하고는 다툼이 좀 있을 거예요. 그러나 내가 좋아하는 일이고 내 적성에 맞으니까 또 엄마가 좋아하는 자격증도 있잖아요.

그리고 사실 하나 말하자면 엄마 헤어 디자이너예요. 미용실 했었어요. 지금은 쉬시지만, 동네에서 크게 했는데 당분간 쉬고 싶어 세주었대요. 그것도 마음에 들어요.

헤어샵 하면서 많은 것을 보고 듣고 글 쓰는 공부도 열심히 해 좋은 글 쓰고 싶어요. 작가 될 거예요. 주변 이야기 잘 쓰고 싶어요.

엄마하고는 쉽지 않은 싸움 일건데, 할머니도 있고 큰 힘 못 쓸 아빠도 있는 데다 나름 입김 센 큰언니도 있으니까 잘될 거예요. 작은언니는 아마 상관 안 할 건데 그게 정답이에요. 나도 그게 좋아요.

"학교가 너무 좋아요. 태일이도 새 마음으로 잘 적응하고 있고 잘 될 거예요."

몇 달 후 사모님이 돌아왔는데요.

얼굴 가득 화색이 돌며 웃음이 떠나질 않았는데 김 부장님께 고맙다고 꼭 인사 전하라고 사장님께 몇 번씩 당부하면서 자랑이 한 보따리였대요. 우리 식구들도 그가 잘하기를 잘 되기를 마음 가득 기도했어요.

역사의 수레바퀴는 늘 덜컹거린대요. 조금씩 덜컹거리며 가는 사람도 있고 유난히 심하게 덜컹거리며 가는 사람도 있고. 돈으로 다 해결되는 것도 아니고. 아빠 말씀이에요.

"Hi, mammy. money please."

"얼마 전에 보냈잖아."

"Oh, No mammy. 그거 얼마 된다고. 요즘 살 게 너무 많아요. 배울 것이 많아요."

미국 간 지 1년이 지나면서 아들이 전보다 많은 돈을 보내 달라 했대요. 이제 영어도 좀 통하고 과정도 옮겼으니 이것저것 익힐 것도 많아 그런가 보다 하고 돈을 보냈는데 끝이 없었대요.

"무슨 돈이 그리 많이 필요해. 전에는 안 그랬잖아?"

실랑이만 길어졌고 돈은 계속 보냈는데 그러다 사모님 덜컥 겁이 났대요. 옛날 생각도 나면서.

엄마로서 한계다. 혼나더라도 터트려야겠다 하는 생각에 사장님께다 이야기했고, 미국에 있는 고모한테 즉시 연락이 갔는데요.

고모도 처음에 근처에 있을 때는 여러모로 살펴보며 도움도 주곤했는데, 그때까지는 아빠도 사장님께 보고드리곤 했대요. 얼마 후에 태일이가 그곳을 떠났고 고모하고도 끊기면서 아빠도 그런가 보다 하고 있었대요.

고모가 이리저리 알아보고 연락을 주었는데 상황이 말이 아닌 것이 예전과 같은 상황이었대요. 국내로 불러들이는 것이 좋을 것 같다 했다는데요.

"이 자식이 국내에서 부모 망신시킨 것도 모자라 외국까지 나가서 집안 망신시키고 있어. 집에서 새는 바가지 나가서도 샌다더니, 이 버러지 같은 놈이 세상에나….”

즉시 아들에게 전화가 갔고

“더 이상 돈 없으니 돌아와. 너 그럴 줄 알았다. 믿을 놈을 믿어야지. 누이들 반만이라도 해봐라. 이 버러지 같은 놈아.”

도무지 분을 삭힐 수가 없다며 한동안 우리 아빠하고 또 술 많이 드셨는데 엄청 우시기도 했대요.

“자식 잘못 키웠어, 내 잘못이 크지, 돈도 문제였고 이제는 진짜 포기했다.”

아빠는 뭐라 위로할 말이 없어 그냥 듣기만 하면서 술잔만 조금씩 채워 드렸대요.

“군대라도 갔다 오면 그래도….”

그 말만 반복하면서요. 그것이 마지막 남은 유일한 끈인 것 같아서.

우리 아빠 꽤 낙천적이잖아요. 걱정거리도 없고 고민도 없고. 성격 탓도 있지마는 직장 스트레스가 없어서 그런 거래요.

전에 술 드시고 와서 회사 내가 키웠다고 사장님 나 없으면 안 된다고 떠벌리면서 하신 이야기 이제 좀 이해가 되죠. 상황 파악도 되고. 친척도 여러 명 입사시켰는데 능력 있으신 거죠. 여러모로 인정받은 거 아니겠어요.

아들이 우여곡절 끝에 몇 달 후 미국에서 들어왔대요. 아빠가 중간에서 말 못 할 고생 많이 했다는데 둘째 따님도 애썼대요.

사장님은 예전에도 바쁜 탓에 아들과 별 접촉이 없어 서먹서먹하고 대화가 없는 상태였는데, 이제는 포기한 상태라 훈육도 잔소리도 의미가 없어 불러내지도 않으니 그야말로 남남이 되었대요. 사모님을 통해 몇 마디나 듣는 정도였고.

그러던 어느 날이었는데

"왜 그래? 온몸에 파스를 붙이고. 어디서 넘어졌어? 병원에는 다녀왔어?"

사장님이 아빠하고 국내 출장을 다녀오느라 며칠간 집을 비웠는데, 저녁때 들어가 보니 사모님이 얼굴에 수심이 가득한 채 그러고 있더래요.

뭔가 일이 있었구나 싶었대요. 사장님이 아빠하고 의논하면서 한 이야기예요. 한동안 잠잠하던 아들이 엄마에게 다시 손을 내밀기 시작한 것은 그즈음이었대요.

"정신 차려, 태일아. 군대나 갔다 와. 그러면 아빠께 말씀드려 한자리 해줄게. 너 그러다 정말 집에서 쫓겨나. 나도 더 이상 어쩔 수가 없어 마지막이야."

모성본능에 그래도 사람 만들어 보려고 달래고 타이르는데 소용이 없었대요.

"이 많은 재산 다 뭐 해? 내 것 될 텐데. 미리 좀 쓴다고 일나나? 군대도 가기 싫어."

그러고는 돈을 안 주니까 자기 물건에 손을 대다가 점점 집 물건까지 제법 손을 대더니, 급기야는 저도 사업하겠다며 큰 물건까지 들고 나가려 했대요.

"어이쿠 하나님! 내가 무슨 큰 잘못을 저질렀기에…. 태일아 정신 차려 이놈아!"

사모님이 울며 달려들었고 막아섰더니, 씩씩거리다가 엄마를 밀치고는 나가버렸대요.

사장님은 아무런 생각도 들지 않았대요. 도대체 뭐가 어디서 어떻게 잘못되었는지 알 수도 없는 것이 그냥 짜증만 났대요.

이것이 요즘 돌아가는 사장님네 근황이에요.

아들 생각만 하면 오장 육부가 뒤틀리고 화가 치밀어 오르는데, 딸들이 있어 웃음이 있고 위안받는다고 하신대요. 그렇게 달랐대요.

딸들은 총명한 것이 공부도 잘했고 예술 방면에도 소질이 있어 학교에서 미술로 대학을 가도 괜찮고 공부로 가도 된다고 했대요.

큰딸은 그래서 미술은 취미로 하고 의대를 가라 했는데 말도 잘 들어 그 어려운 의대를 마치고 지금은 대학 병원에서 교수로 있대요.

둘째 딸은 산업미술로 대학을 마치고 광고학 대학원을 거쳐 지금은 광고 회사에서 근무하고 있는데 사장님 회사래요. 후에 대표 될 거래요.

아들은 그런데 어릴 때는 제법 하는 것 같았는데 점점 공부와 담쌓더니 미술도 소질 없고 관심 없고 그 모양이 되었대요.

딸들은 모든 것이 다 마음에 들고 흡족했기에 아들과 더 비교되면서 아들에게 잔소리가 더해졌고 위축되며 어긋남에 이런 상황이 된 것 같다고 하셨대요.

"한 핏줄인데 어떻게 그렇게 차이가 나나? 그것도 미스터리여. 분명한 것은 나를 전혀 안 닮았어."

아빠도 걱정 엄청 했어요. 자기 잘못도 꽤나 있는 것처럼 난감해하면서요.

"걱정이다. 걱정이야. 금수저로 태어나 흙 수저질이나 제대로 하려나? 빨리 정신 차려야 하는데 이해가 안 되는 놈이야. 그러나 한편으로 보면 누이들과 비교당하면서 자격지심에 드러나는 현실 비참함에 젊은 혈기로 돈은 있겠다 어긋나고 사고 치는 것 같은데, 사장님도 문제지만 사모님 처신이 더 문제야. 그런데 방법이 없으니 큰일이다. 사장님도 나도 어쩌냐?"

연신 혀를 차며 걱정하는데 진짜 근심이 하늘을 찔렀어요.

엄마 말에 의하면 예전에 나 태어나기 훨씬 전과 어렸을 때 몇 번 있었는데, 기억하고도 싶지 않은 아빠가 대형 사고 친 그때래요. 다른 게 있다면 대상이 다른 거고요.

"여보, 태일이 들어왔어요."

사장님이 외부 일로 늦게서야 사모님과 통화가 되었는데 목소리가 꽤 떨리는 것이 신경이 곤두서있는 것 같더래요.

"뭐 하러 들여보내 얼른 내쫓아 버리지 않고. 그놈은 자식도 아니야. 버러지 같은 놈이."

"여보, 그렇게 해서는 해결이 안 되잖아요. 터놓고 대화 좀 해요 차분하게. 태일이 하고 대화다운 대화해 본 적 있어요? 야단치고 소리지르고 윽박지르려고만 하지 말고요."

"그런 놈하고 무슨 대화야, 대화가."

그러고는 전화를 끊었는데 사모님이 너무 안 돼 보였대요. 몇 년 새에 부쩍 늙은 것이 아들놈 일만 아니면 걱정이 없을 건데 중간에 끼여 본인만의 잘못도 아닌데, 자기 죄인 양 전전긍긍하는 것이 안쓰러웠대요.

사장님은 내키지는 않았지만, 자식이고 어떻게든 해결해야 할 일이고 사람 만들어야 했기에 집으로 나섰다는데

대화 잘해보자. 태일이 얘기도 많이 듣고, 좋은 방향으로 잔소리 안 되게 훈수도 잘해보고. 쉽지는 않겠지만 새끼니까.

그러나 대화가 안 되었대요. 서로가 대화라는 걸 자주 안 해본 탓에 서툰 데다, 사장님의 급한 성격에 고압적인 태도 그동안의 실망감 그리고 아들의 반항적인 언행에 사모님까지 편들고 나서면서.

그냥 큰소리에 폭언에 심한 말까지 나오면서 끝장났대요.

아빠가 언젠가 그랬는데요.

"큰 따님 작은 따님이 충고도 하고 중재도 하고 하면 좋으련만 똑똑해서 개인적이라 그런지 사장님과 사모님, 태일이 성격들을 알아

서 그런지 관여를 안 하는 것 같아. 안타깝고 많이 의아하고 이해도 안 되고."

사장님의 답답함과 후회 우울감 이루 말할 수가 없었대요. 성공한 삶인 줄 알았는데 실패한 삶 같은 것이, 아들과 일찍부터 대화 시간을 많이 갖지 못한 것이, 공부 공부하면서 다그친 것에 누이들과 비교하면서 잔소리만 한 것이, 일찍부터 물릴 풍요에 빠지게 한 것 등등이 다 후회된다고 하시면서 후에 조사과정에서 이야기된 거래요.

사장님 술로 울적한 심사를 달래며 흠뻑 취해 잠자리에 들었는데요. 아들도 계속 혼자 술을 마신 것 같대요. 어떻게 주체할 수가 없었나 봐요.

사모님이 후에 말씀하신 건데 새벽까지 마신 것 같고 이따금 울부짖는 듯한 고함소리도 들린 것 같다 했대요.

그리고는 끝이었대요. 뛰어내렸어요 아들이.

아빠가 상주 아닌 상주 노릇 하면서 장례식장에서 조문 온 문상객들에게 이따금 해준 가슴 아픈 이야기예요.

11

독일에 사는 큰이모가 왔어요. 할머니 팔순 잔치 때문에 왔는데 5년 만에 오는 한국방문이었는데 속으로는 내키지 않았대요.

할머니 팔순은 원래가 몇 년 더 남았는데요. 칠순 잔치도 못했는데 요즘 들어 할머니 건강이 안 좋아서 생일을 그냥 팔순 잔치하기로 한 거래요. 오래 못 본 독일 큰이모도 부르고 멀리 있는 친척들도 살아생전 보고 싶다 하셔서.

"Ladies and Gentlemen ⋯."

5년 만에 오는 고국 아닌 한국인데 답답하고 약간은 위축되기도 했대요. 15년 전 처음 들어올 때는 마냥 사랑하는 조국 그 자체였고 날아갈 듯한 기분이었다는데 새삼 비교가 되었대요.

그때는 어렵고도 힘든 독일 생활 5년 만에 여자 몸으로 각고의 노력 끝에 박사학위 들고 돌아오는 귀국이었고 모교에서 후배들 가르치며 모교 발전에도 기여하고 싶었고 또 좋은 남자 만나 멋진 사랑도 하며 할머니께 효도도 하고 싶은 마음에 더 그랬대요.

할머니는 이모가 대학을 졸업하자마자 평범한 남자 만나 결혼하기를 원했대요. 사람 사는 거 다 거기서 거기야 하면서. 그러나 뭔가 하고픈 일이 많았던 이모는 졸업과 동시에 사회 문을 두드렸는데 그 벽이 너무도 높았대요.

생각을 못 한 것은 아니나 상상을 초월했대요. 여성인 데다 기초과학을 전공한 탓인것 같았는데 대학 이름도 학교 성적도 외국어도 다 소용이 없었대요.

대학원에 진학했대요. 그리고 내친김에 집안의 반대에도 불구하고 독일 유학까지 강행했는데, 공부가 재미있기도 했지만 거기만큼은 남녀 차별이 없을 것 같아서 그랬대요.

다행히 외할아버지께서 물려준 재산이 있어 집안에서는 크게 반대를 못 했고 할머니는 결국은 언제나 이모 편이었대요.

"그 대신 박사학위 갖고 와서는 즉시 결혼해야 한다."

할머니는 그 시대 분답게 결혼이 만사인데요. 요즘도 여기저기 훈수하고 다니는데 연분과 인연도 18번으로 함께해요.

이모는 편씨 집안의 셋째인데요. 우리 엄마가 맏이고 이모가 또 있어 큰이모라 부르는데 5남매인 외가집은 머리들이 좋아요.

다들 일류 대학 나왔고 박사에다 석사, 회계사 등인데 우리 엄마만 아니에요. 공부가 싫었대요. 그리고 밑에 동생들이 잘해서 그런지 할머니도 크게 신경 쓰지 않았고요.

연애는 박사였다는데 손재주도 많았고 그래 일찍 결혼했나 봐요.

미용 직업도 갖게 되었고. 우리 엄마 머리 좋은 거는 누구나 다 아는 사실이에요 면허 없는 변호사잖아요. 타의 추종을 불허해요.

"그편, 니편이니 내 편이니, 아무 편도 아니구나. 내 편인 줄 알았는데."

"대단해요 편 여사. 이 편, 저 편 아닌 내 편."

아빠나 내가 엄마한테 한 소리 들었을 때 하기도 하는 말들인데 요즘은 재석이도 끼고 있어요. 저도 머리 컸다고, 참.

나는 있잖아요. 그렇게 큰이모가 생활을 바꾸며 변화를 한다고 들었을 때마다 많이 의아했어요. 이해도 안 되고요.

"그렇게 공부했는데 또? 그 정도면 좋은데 왜?"

그때마다 아빠에게 물었는데 흡족하지가 않았어요. 결국은 작은언니한테 귀동냥하게 되었는데 작은언니가 이모하고 엄청 친해요.

그런데요 큰이모가 그렇게 들떠 들어온 고국이었는데 당시 둘러싸고 있는 상황들은 장밋빛이 아니었대요. 시작부터가 그랬는데 대학교에서 자리 잡기가 쉽지 않았대요. 성차별보다 더한 차별들이 있더래요.

모교 교수님들 다 반갑게 맞아주셨는데, 자리 문제에 있어서는 모두 한발씩 빼는 거였대요. 모교였고 능력 있는 제자인데도. 독일 대학을 알선해 주신 독일 대학 동문인 박 교수님만이 바쁘셨대요.

"편 박사도 알다시피 우리 대학 편 박사 전공에 두 분 교수님이 계시잖아. 신 교수님이 나이도 있고 학교를 위해서도 용단을 내리셔야 하는데 그 선생님한테 배워서 알지? 학생들을 위해서도 학교 발전을 위해서도 편 박사가 필요한데, 다른 교수들도 다 이심전심인데 쉽지가 않네. 자리를 하나 더 만들려고 하는데, 그분이 재단과 밀접하다 보니….."

7~8년 전과 조금도 바뀐 게 없는 모교였대요. 세상은 빠르게 변하고 발전하는데 울타리에 갇혀 기득권 싸움이나 하면서 자기만족에 굳어져 가고 있는 상황들이.

그런데 더 놀라운 것이 있었대요.

"편 박사 스펙으로는 다른 대학교도 가능한데, 그게 또 알고 있겠지만 걸리는 게 있어. 지금 우리네 실정이 그래. 현실이야."

학교 발전 기금이라는 게 있는데 아빠 말씀인데 돈 문제래요. 자리는 적은 데 달려드는 사람들이 많다 보니 시장원리로 수요공급의 법칙에서 돈이 필요하게 되는 거래요. 학위나 학교 이름은 당연한 거고 돈이 필수사항이 되는 거래요.

억 단위래요. 사립 중 고등학교도 그렇다는데요 단위는 적지만.

이모 깜짝 놀랐대요. 우리 집도 모두 놀랐어요.

"엄청 당황스러웠어. 나 자신이 너무도 순진하고 무지하다싶고. 모교에서도 아마 그랬을 거야."

당연히 포기했지요. 돈 나올 때도 없지만 있어도 자존심이 허락지 않았대요.

"두고두고 그 돈보다 많은 수입이 돼야 명예도 있고. 금액은 조정할 수 있는 건데. 은행에서 융자받으면 되는 거고. 좋은 기회인데….”

그렇게 이야기해주는 분들도 있었는데 싫었대요. 실력으로 부딪혀 보고 싶었고 자신도 있었대요.

연구소로 가기로 했대요. 꿩 대신 닭이었지만 이모 괜찮았대요. 부담감도 없고 가르치는 것보다 연구하는 것이 주된 것일 뿐 같은 분야 그 일이었기에 어떤 면에선 경험도 되고요.

박 교수님도 어쩌면 더 잘된 일일 수도 있겠다시며 기회를 엿보자고 했대요.

연구소 생활이 시작되었는데 이모 누구보다도 열심히 했대요. 자존심 강한 성격에다 눈치 보는 것도 싫고 주위 사람들에게 여자라는 색안경을 쓰게 하고 싶지도 않았기에 성심성의껏 일했대요.

그리고 틈틈이 여기저기 소개팅도 했는데, 나이도 있는 데다 많이 배운 여자 박사 마누라 탓인지는 몰라도 쉽지가 않았대요.

다소곳한 성격도 아니고 얼굴이나 몸매가 예쁜 것도 아니었지만 눈을 내리고 내렸는데도 그랬대요. 할머니는 연신 혀만 차시며 인연과 연분 타령만 하셨는데 여기에는 꿩 대신 닭도 없었대요.

무언가 생각처럼 풀리지 않는 고국 생활이었는데요.

“편 박사님. 홍 박사 진급했대요. 선배님 후배잖아요. 마음 아프겠어요. 이번이 세 번째라던데….”

그렇지 않아도 답답한 고국 생활이었는데, 학위 받고 들어올 때의 그 장밋빛 희망이 하나둘씩 꺾여 나가면서요. 그런데 그 답답함에 불을 지핀 사건이 연구소에서 일어난 거래요.

"능력 있고 남자 연구원들 못지않게 일하는 편 박사인데 왜 진급이 안 돼? 여자라서."

주위에서 더 야단이었대요. 이모는 일하는 게 즐겁고 언젠가는 대학으로 갈 생각에 진급에 연연치 않고 마음에 담지도 않으며 일해 왔기에 큰 부담이 없었는데, 여자 후배들이 더 난리였대요.

연구소 측에서는 능력도 있고 경력도 있으나, 남자 박사 인력도 많은데 여자에게 선임 자리를 내주는 것이 쉽지 않다고 했대요.

참 답답하고 한심한 현실 같아요. 나는 그만큼이나 공부할 것도 아니지만 어이도 없는 것이 너무 화가 나요. 지금은 많이 좋아져 괜찮다고 하니 믿는데요. 꼭 그래야만 해요. 우리나라의 미래를 위해서도 말이에요.

이모는 자신이 너무도 초라해 보이는 것이 비참했대요. 다른 곳으로 옮겨야겠다 싶어 움직였는데 그게 또 쉽지가 않았대요. 박사 학력에다 경력까지 붙다 보니 마땅한 자리가 없었고 정중한 거절만이 있었대요.

"대학교수 자리도 결혼 문제도 거기에 연구소 일마저도. 내 팔자가 그런가 우리나라 관습이 문제인가? 싫다. 싫어."

자괴감만 쌓여가며 진짜 어쩔 수 없는 진퇴양난이었는데, 지금 돌이켜보면 그것들 이모를 위해서 아주 잘 일어난 일이래요. 당시에는 힘들고 감내하기 어려웠지만.

전화위복, 새옹지마라는 말이 이에 맞는데요. 사자성어로 국어 시간에 배웠는데요. 나는 국어가 참 좋아요. 선생님도 좋은 데다 배우는 대로 머리에 쏙쏙 들어오는 것이 수학과는 비교가 안 돼요. 무얼 그렇게 어렵게 끌고 오고 대체하고 그러는지, 참.

그리고 나도 이런 비슷한 일 여러 번 겪어봤는데요. 삶의 한 과정 같아요. 어른스러운 말투지만 어려도 어린 대로 느낌은 있잖아요. 아프고 괴롭고 속상하다가 기쁘고 즐겁고 날아갈듯 하는 그런 것.

그런데 그때 말이에요. 의외의 곳에서 생각지도 않던 희망의 빛이, 돌파구를 열어주는 불빛이 비쳐왔대요. 이따금 안부나 전하던 독일 대학교수님이 있었는데, 지도 교수는 아니지만 여러모로 많은 도움을 주었던 여기 박 교수님과도 친한 분이었는데요.

어느 날 어떤 언질도 기대감도 없었는데, 이곳 상황을 꿰뚫고 있었다는 듯이 그곳 대학교수 자리 추천서를 보내주겠다고 의향이 있느냐며 연락이 왔대요.

하나님이 따로 없었대요.

생각하고 말고 할 것도 없었고 그냥 O.K.였는데, 마냥 답답하기만 한 이곳 생활이었잖아요. 빨리 벗어나고만 싶었대요.

할머니 생각이 마음 한구석 있기는 했으나 단칼에 잘랐대요. 그리고 자신도 모르게 힘이 솟구치면서 날아갈 듯했고 한동안의 우울,

불안이 순간적으로 없어져 버렸대요.

"또 해외에 나간다고? 여기서 결혼하고 살겠다더니. 누가 너를 말리겠니. 사주에 역마살이 끼었다고 하더니만. 나 죽기 전에 다시 볼수나 있을지 모르겠다."

"엄마두, 아주 가는 게 아니고 수시로 왔다 갔다 해. 독일 대학 교환교수야."

대충 둘러댔대요. 아직 해결할 일도 많았고 자세히 설명해봤자 걱정만 많을 것 같아서요.

엄마와 큰외삼촌에게 대충 귀띔했고 작은언니한테는 자세히 설명해 주었는데 혹시라도 도움이 될까 참고하라고 그랬대요.

큰이모하고 둘째 언니는 아주 많이 닮았어요. 둘째 언니가 엄마 꼭닮았는데 거기에 공부에도 관심 많고 공부까지 잘하니.

이모는 그래 이것저것 준비를 시작했는데요. 예전 학위 받고 들어올 때처럼 마냥 기쁘지만은 않았대요. 희망에 들떠있는 것은 맞는데약간의 걱정거리도 있기에.

많은 이들이 얘기하는 그런 거였는데요.

곧 40인데 여자 혼자 몸으로 해외에 나가 객지 생활을 해. 힘들지않을까? 대학 강단에 국내에서도 안 서봤는데 경험 없이 독일어로벅차지 않을까? 결혼도 한다면서 여기서도 쉽지 않았는데 가능할까?나이도 적지 않은데.

우리 식구도 그랬는데요 이모는 일리 있는 말들이고 걱정이 많아

하는 것들이라 나름 감사하다며 자신만만했대요.

여기서는 교수는커녕 연구소도 끝나가는데 뭘 못해. 잘 할 수 있어. 나는 사고나 생활 방식 등이 서양 체질이잖아. 또 30대가 아니라 40대라도 자신 있어.

이곳에서는 경험이 없지만, 그곳에선 짧은 기간이지만 대학 강단에 서 봤잖아? 연구소 연구 경험도 있고.

교포들 있잖아. 유학생도 있고. 국제결혼을 하던가 아니면 혼자 살지 뭐?. 솔로도 좋아.

둘째 언니가 그러는데요 큰이모 진짜 멋쟁이래요. 외모가 그런 게 아니라 머리도 좋고 뚝심도 있고 센스도 많은 존재감 넘치는 여자래요. 적응 잘할 거래요. 독일어도 능통하고요.

둘째 언니도 영어를 잘하는데요. 외국계 회사에서 잘나가요. 잘난 뽕이 탈이지만 흠이지만요.

이모는 독일 생활이 너무너무 좋대요. 괜한 걱정들이었대요.

파란 눈의 대학생들 가르치는 것 큰 선물이고 축복인 것이 삶의 보람까지 느낀대요. 주변 환경, 편의시설, 학교생활 다 좋고 주변 사람들도 편하고 아주 좋대요.

전에도 느낀 거지만 한국 다녀오고 나서 더 피부에 다가오는데 한국이 나쁘다는 건 아니지만 독일 정말 따봉이래요. 자기 적성에 꼭이라고 한대요.

그리고 때때로 애국자가 되기도 하는데, 별로 좋은 느낌의 한국도 아닌데 자신도 모르게 불타올라 그리된다고 웃으며 그랬대요.

엄마하고 가끔씩 하는 통화 내용이에요.

그리고 얼마쯤 지난 후였는데

"나 여기서 성당도 다녀. 동료 소개로 나가게 됐는데 여러모로 좋아."

외롭기도 하고 의지하고도 싶었을 거라고 모두가 잘된 일이라 했는데요. 그런데 진짜로 잘된 일이었어요.

큰이모는 원래 가톨릭 신자였어요. 여기서도 할머니, 엄마, 외삼촌 다 교회 나갔는데 자기는 성당이 좋다고 교회보다 잘 맞는다고 하면서 혼자 여고 때부터 성당에 다녔대요.

그랬는데 그 독일 성당에서 놀라운 일이 벌어진 거예요. 신의 은총일 거예요. 이모의 인연을 만난 건데 여기서도 어려웠던 그 연분을, 우여곡절로 독일까지 가서 성당에서 홀로 가톨릭 고집하더니, 놀랍게도 독일 성당에서 특별한 섭리로 준비되어 있던 그 인연을 만난 거예요.

할머니 말씀도 맞아떨어졌고요. 결혼은 연분이라고 의지로 되는 게 아니라고 그러나 열심히 기도하면서 찾아야 한다고 주문처럼 외우고 다니시더니 딸이 그렇게 독일에서 찾았어요. 인연을.

나는 있잖아요 또 딴 데로 흐르는데 공부하기 싫을 때 이따금씩 멍 때리기를 하면서요.

내 연분은 지금 어디에 있을까? 어떤 모습일까? 언제쯤 내 앞에 나타나게 될까?

상상하곤 하는데 재미도 있고 시간도 잘 가는 것이 아주 좋아요. 그리고 아빠하고 공유하는데요. 그때마다

"젊음의 특권이야. 많이 즐겨. 그래야 결혼도 쉽게 돼. 나이 들면 걱정뿐이야."

하며 응원해 주는데, 엄마한테는 얘기 안 해요. 뻔하니까.

그런데 큰이모의 연분인 독일 분 말이에요. 그분은 이모가 대학교수고 박사라고 해 부담스러워하지도 않고 외모에 별 관심도 없고 나이 든 것에 거부감도 없었대요. 또 주변을 크게 의식하거나 비교하지도 않았고 자식에 대한 애착도 별로 없었대요.

고모는 다 마음에 들고 좋았대요. 그리고 그분뿐만이 아니라 서양 사람들 대부분이 다 그렇대요. 또 그쪽은 결혼에 대해 번거로움이나 체면치레, 주변 눈치 등이 없는 곳이래요. 우리나라는 엄청 심하잖아요. 비교하면서 잘난 체하고 뻐기고 말이에요.

이모는 그래 말 나온 김에 소뿔 뽑자고 결혼까지 그냥 밀어붙였대요. 한국에는 전화 통보만 하고요.

"나 결혼해요 이달에. 독일서 결혼식 올리고 방학 때 그 사람하고 인사차 나갈 거예요. 좋은 사람이에요. 그리고 시간이 그렇게밖에 안 나요."

"그래, 니가 알아서 잘하고 있겠지. 그런데 그 사람 교포냐? 교수

야? 뭐 하는 사람이야?"

"독일 사람이에요. 나이는 나보다 세 살 어리고. 건축 설계사인데 사람 좋아요."

엄마가 할머니, 외숙모와 함께 독일로 가 결혼식에 참석하겠다고 했는데요. 이모가 바빠 케어 할 수 없다고, 미안하다고 영상을 보낼 테니 대신하자고 했대요. 한국에 나와 결혼식 한 번 더 하자 했더니 낭비라고 부담되는 짓거리 왜 하냐고 했고요.

어른들은 모두 아쉬워했는데 나는 큰이모답다고 생각했고 작은언니는 박수 쳤어요.

"LEHMANN, 서울 멋지지."

이모가 독일 이모부와 함께 서울에 왔는데, 독일 교수로 간 지 3년 만에 결혼까지 해 외국인 남편과 함께 인사차 들어온 거에요.

독일 이모부 그런데 체격이 장난 아니에요. 엄청나요. 노르만족 계통이라는데 농구선수만 한 것이 190cm 정도 되고 몸무게도 100kg는 넘는 것 같아요.

허나 물어보지는 못했어요. 실례될 것 같아서. 좀 더 친해지면 물어볼 거에요. 운동했는가도 물어보고. 내가 호기심에는 누구보다 앞서가는 사람이잖아요.

유럽은요 노르만족, 게르만족, 슬라브족, 켈트족, 색슨족, 라틴족 등등이 있다는데 노르만족이 제일 크대요. 스웨덴, 노르웨이, 덴마

크 등이 속하고 러시아, 폴란드, 핀란드 등은 슬라브족이래요.

독일, 오스트리아, 스위스 등은 게르만족이고 이태리, 스페인 등은 라틴족이라는데 작은언니한테 들은 거에요. 이모부는 노르만족의 피가 흐르는 독일사람이고요.

이모부, 이모네요 둘 다 애정은 엄청 좋은데 아이는 없대요. 아직이라고 하는데, 나이를 보거나 직업을 보거나 사고방식을 봐도 앞으로도 없을 것 같아요. 아마도.

세상일 다 좋을 수는 없잖아요. 중간 어른으로서 내가 보기에도 신은 위대하고 공평하셔서 다 주지는 않으세요. 이쪽이 많으면 저쪽모자란 듯이, 오르막 있으면 내리막이 있고, 깊으면 높고 낮으면 얕은 것. 내 말이 아니고 국어 선생님 말씀이에요.

나는 그래 공부는 그만큼만 할 거예요. 공부는 그 정도가 맞아요. 엄마가 알면 섭섭해할지 모르지만 자신을 닮는 것 같다 하면서. 허나 어쩔 수 없어요.

"LEHMANN, 이분이 어머니이시고, 언니, 형부⋯."

"이분은 박 교수님⋯."

"이쪽은 김 연구원⋯."

성격 탓도 있지만 이모는 내심 자랑도 하고 싶어 남편과 함께 두루두루 많은 사람들을 만났대요. 거리낄 것도 없고 눈치 볼 것도 아니기에 아주 부담 없이 다녔대요.

그러나 의외로 많은 사람이 시대에 뒤떨어진 편협한 사고방식에

절어 있더래요. 말로는 세계화, 국제화 운운하면서 편 가르기나 하고 네 편 내 편에 자기만의 사고방식에 갇혀서 굳어 있대요.

예전에도 느낀 거였는데, 시간이 꽤 지난 지금도 여전히 막혀있고 굳어있고 냄새 피우는 그 상태더래요.

"바뀌어야 해, 변해야 해. 이곳저곳 두루두루. 그래야 발전이 있어."

이모의 덕후인 둘째 언니가 침 튀기며 전해준 이야기에요. 자신도 크게 느끼고 있다면서요. 그래 진정하라고 그랬어요. 나도 안다고 동감한다고.

큰이모는 그래서 이번 여행이 썩 내키지 않았던 거래요. 한국에 오기만 하면 괜히 의기소침해지고 짜증 나고 답답한 것이 편치가 않대요. 오랜만의 고국 방문이고 독일 대학교수고 여기저기 아는 사람이 많은데 말이에요.

그러나 할머니 살아생전 마지막일 수도 있는데, 가슴에 못 박는 일이어서는 안 되기에 시간이 **빡빡**한데도 나왔대요. 내키지는 않았지만 이모부 없이 혼자.

12

우리 집 단독주택이라 했잖아요. 나 어렸을 때 2층으로 올렸고요. 그때 우리 옆집도 같이 공사를 했는데요. 그 집 막내 언니가 우리 큰 언니하고 동창이고 그 언니 위로 오빠가 두 명 있는데 그 오빠들이 언니들을 엄청나게 예뻐했대요. 나중에는 나도 예뻐했고.

잘 데리고 놀았고 이 집 저 집 왔다 갔다 하면서 밥도 같이 먹고 TV도 같이 보고 장난감에 동화책 등도 많이 주었대요.

엄마도 그 아줌마와 친해서 언니, 언니 하면서 따랐다는데 지금까지도 친해요. 엄마가 맏이다 보니 언니 있는 친구들이 그리 부러웠대요. 그런 일도 있네요.

나는 전혀 아닌데, 처한 상황이 그렇게도 만드는가 봐요.

두 집 다 오래된 토박이에요. 옆집이 더 오래되었고. 외가가 더 오래됐는데 할머니가 얼마 전에 이사하는 바람에.

그 아줌마가요 얼마 전에 환갑을 지냈는데요. 요즘은 환갑잔치 안 하는 추세라 잔치는 안 했고 엄마를 포함해 몇 분이 함께 여행을 다녀왔어요. 해외로.

동네 친목계인데 학부모 모임에서 의기투합해서 만든 거래요 엄마가 회장 겸 총무인데 회장님이 따로 있다 근래에는 엄마가 겸하고 있대요.

우리 엄마는 감투가 많아요. 공사다망하신 분인데, 할머니 피도 이어받았고 동네에서 미용실도 오래 하다 보니 그래 됐대요.

헌데 환갑잔치가 있잖아요. 엄마 젊었을 때만 해도 모두 크게 했대요. 복 받은 거라고 그 당시는 생활환경, 의료 시설 등이 열악해 평균 수명들이 짧았대요.

요즘은 그런데 주거, 생활환경, 의료기술 등이 다 일등이다 보니 수명들이 길어져 환갑잔치는 슬며시 사라졌고 칠순 잔치나 간간이 하면서 팔순 정도에나 잔치한다고 한대요.

엄마 그러면서 그랬어요.

"100세 시대라 하니 앞으로는 팔순 잔치도 환갑잔치처럼 없어질 거야. 대신에 애들 돌잔치를 예전 환갑잔치처럼 밖에서 크게 하더라. 집에서 조용히들 한 그것을 말이야."

우리 집도 언니들 집에서 했대요. 재석이만 요즘 시대고 이런저런 이유로 밖에서 했고 나는 깍두기다 보니 집에서 햇다는데요.

알려고 해서 안거는 아니에요. 사진을 보고 알게 되었는데 괜찮아요. 깍두기 맞는데요. 그리고 언니들도 집에서 했잖아요.

예전에는 그리고요. 다들 집집마다 자식이 4~5명인 것이 보통이었대요. 6~7명인 집도 많았고. 환경이 열악해 어려서들 많이 죽고 농경 시대다 보니 자식 많은 것을 당연시했대요. 아들 선호 사상도 심했고.

그러다 공업화 도시화하면서 바쁘게 돌아가는 삶에, 정부 시책도 있어 자식 1~2명의 시대가 되었대요. 둘만 낳아 잘 기르자는 캠페인도 흔했고 피임 교육 등도 많이 했대요. 이대로 가면 인구가 넘쳐나 큰일난다하면서요..

엄마 이야기가 이어지는데요.

"최근에는 그런데 애들을 안 낳으려고 해, 정부에서 돈까지 써가며 자식 낳으라고 장려하고 있으니 세상 참 요지경 속이야. 언제는 인구 넘친다고 적게 낳으라고 하더니 이제는 나라가 없어지니 뭐니 하면서 자식들 많이 낳으라 하고 있으니. 그걸 다 내가 보고 있으니 말이야. 참…."

우리 엄마 그리 오래 사신 분도 아닌데요.

"또 하루 시작이구나. 눈 뜨기가 싫다. 일어나기도 싫고."

그 아줌마가 그런데 이런 상황이 되버렸대요.

환갑 무렵까지 별걱정 근심 없이 살던 분이었는데 유복한 집안에서 태어나 풍족하게 대학 교육까지 마치고, 지금 아저씨 만나 3남매 낳아 키우며 별걱정 없이 교육시켜 시집과 장가보내고 손자들 재롱에 여유롭게 살고 있었는데, 언제부턴가 일이 좀 꼬이기 시작하더니 엉켜지면서 폭풍우치고 있대요.

한숨과 한탄으로 시작되는 하루하루래요.

아줌마가 엄마하고 술 한잔하며 나눈 하소연인데, 엄마가 아빠한테 해 준 이야기를 내가 나중에 듣게 된 거예요. 아빠가 나 글 쓰는 데 조력자 한다고 했잖아요.

그 아줌마에게 인생의 먹구름이 끼기 시작한 것은 2년 전쯤부터래요. 지금 상황의 전주곡이라 할 수 있는데, 비구름으로 변하더니 폭풍우가 되어 몰아치고 있대요.

평상시에도 혈압이 있던 아저씨였대요. 늘 조심하라고 환절기에는 특히나 조심하라고 입에 달고 살았는데

"걱정 말어. 아직도 젊은이 못지않아."

늘 큰소리더니 어느 날 학교에서 쓰러지셨대요. 정년퇴임을 눈앞에 둔 시점였는데요.

다행히 의식은 빨리 돌아왔으나 병원에서 한 달간의 치료 끝에 한쪽 팔과 발이 불편한 채 입도 어눌한 채 퇴원하게 되었대요. 학교는 당연히 그만두었고요.

경제적으로 어려움은 없었으나 많은 것이 예전 같지 않은 상황이라 아저씨가 혼자 생활하기 힘들었기에, 아줌마는 나이 들어 고생이 시작이었는데 그게 끝이 아니었대요. 그때부터 시작이었대요.

친정에 부모님이 계셨는데 두 분 다 여든을 넘기셨으나 정정하셨기에 모두부러워했대요. 자식들이 잘 모시는 덕분일 거라고.

아줌마는 장녀였으나 남동생이 잘 모시고 있어 별격정 없이 가끔

얼굴 보이며 용돈이나 드리고 지냈다는데, 그 동생은 공장을 운영하는 사업가였대요.

그런데 별 탈 없이 굴러가던 그 공장이, 근래에 들어 운영이 어렵다 힘들다 하더니 그래 아줌마도 틈틈이 경제적 도움을 주곤 했는데 끝내 문을 닫고 말았대요. 중소기업 쉽지 않은 것은 알고 있었으나 늘 그래왔기에 설마설마했다는데요.

아줌마 걱정거리가 마구 늘어나기 시작했대요. 남편 걱정에 부모님 걱정, 거기다 동생네 걱정까지. 그러나 별 뾰족한 방법이 없었기에 그러고만 있었는데 어느 날 동생이 집으로 찾아왔대요.

놀라움과 걱정 그리고 일말의 기대감까지 뒤엉켜 가슴이 마구 방망이질했는데

"누나, 나 호주로 이민 가기로 했어. 여기서 더 버텨보려고 했는데 모든 것이 너무 어려워 앞도 보이지 않고."

역시나였대요.

처가 자매들이 호주에 살고 있고 그렇게 하는 것이 동생네를 위해서도 잘된 일이라 생각은 되었는데 부모님 생각에 눈앞이 캄캄했대요. 올 것이 왔구나 어떻게 해야 하나? 걱정이 꼬리를 물면서.

"부모님은 그럼 어떡하니?"

자신도 모르게 튀어나왔는데

"나도 그게 제일 걱정이었어. 그래 어떻게든 여기서 버텨보려고 했는데 공장마저 저 지경이 되다 보니. 그렇다고 모시고 갈 수도 없고.

누이 볼 면목이 없어. 매형도 저러고 계신데….”

뭐라 할 말이 없었대요. 그나마 부모님이 정정하신 것이 다행이라 생각되면서.

“나야 뭘, 네가 우선이지. 아직 젊은데, 애들도 어리고. 아버지, 어머니는 뭐라 하시니?”

“별말씀 없으셔.”

그렇겠죠. 뭐라 하시겠어요? 자식 잘되기만을 손자들 잘 크기만을 바라시겠죠. 부모네 들은 다 그렇대요.

할머니가 전에 그랬는데요.

부모의 자식 사랑은 내리사랑이라 타고난 본능이래요. 그래서 모든 동물이 다 그 고생해가며 새끼들 키우는 거래요. 때로는 목숨도 불사하면서.

그런데 새끼들의 부모 사랑은 오르막 사랑이라 도리래요. 인간들만 할 수 있는 거고 누구나 잘할 수 없어 효자상 효녀상 운운하면서 상 주는 거래요. 자식은 부모 되어 자식들 키워봐야 알지 그전에는 죽었다 깨어나도 모른대요. 그래서 뒤늦게들 후회하고 울고불고하는 거고요.

무슨 뜻인지 알겠는데… 어려운 일도 아닌데… 그래요.

“지금 집 처분하면 조그만 아파트 전세는 가능할 거야. 미안해 누나. 할 말이 없어.”

막막하고 답답하기만 했으나 아줌마 어쩔 수가 없었대요. 고국 등지고 이민 가는 답답한 심정의 동생에게 부담 주는 것도 그렇고 해서 화제를 돌렸대요.

"익주네도 거기서 가깝다고 했지?"

호주에 이민 가 살고 있는 아줌마 여동생인데요. 이 동생의 바로 위 누나고 결혼 중매자래요.

예전에는요. 결혼에 연애와 중매가 있었는데. 중매가 지금의 소개팅과 비슷한 거고 대부분이 중매로 만나 몇 달 안에 결혼했대요. 누구 소개로 만나 몇 달 만에 결혼하다니, 용감하고 대단한 것 같아요.

그 아줌마는 4남매의 맏이였는데요. 여동생 하나 남동생 둘이 있었고 바로 밑 남동생이 몇 년 전 암으로 세상을 떠난 잘나가는 검사님이었고 아빠한테 큰 도움을 주신 분이었는데요.

여동생인 익주 엄마는 오래전에 호주로 이민 갔고 거기서 남동생을 중매해 결혼까지 하게 된 거였고 이번에 이민 가게 된 거래요.

우리 엄마 결혼식은 못 갔는데 장례식은 갔다 왔다는데요. 아빠 일로 도움받은 일도 있고 기쁨보다는 슬픈 일에 함께해야 한다는 게 엄마 생활철학이래요.

아줌마는 집 근처에 조그만 아파트를 얻었대요 그리고는 밑반찬과 김치 등을 해 나르며 두 집을 오가는 생활이 시작되었는데

"내가 가까이서 모셔야지. 어쩔 수 없잖아. 노인분들 그냥 둘 수도 없는 일이고."

고달프기는 했으나 나름대로 보람도 있었대요. 늘그막에 효도하는

기분도 들면서. 그런데 인생이 늘 만만치가 않은 것이 예상대로 그렇게만 흘러가지 않았대요.

어느 날부턴가 어머니가, 하나밖에 없는 같이 살던 아들이 손자들에 며느리까지 데리고 보고 싶어도 쉽게 볼 수 없는 외국으로 가버린 것이 쇼크가 되었는지 치매 증상을 보이기 시작했대요.

처음에는 대수롭지 않았는데요. 자주 깜빡깜빡하고 했던 말 또 하고 그러더니 점점 할아버지가 호주 간 아들이 됐다가 죽은 아들이 되고. 멀쩡한 이불 요를 물에 담가 빨래시키고 살며시 없어져 온 동네를 찾아 헤매게 하는 등 그렇게 됐대요.

집안은 하루아침에 엉망이 돼버렸고 파출부를 불렀으나 할머니 성화에다 소문까지 나는 바람에 오는 사람도 없게 됐대요.

그렇다고 아줌마도 아저씨가 저런 상태인데 친정에만 매달려 있을 수도 없는 일이고, 어쩔 수 없이 친정아버지가 집안일을 도맡아 하시게 되었는데요.

그 할아버지 엄청 인텔리셨대요. 멋쟁이였고. 돈 걱정 모르고 사셨는데, 있는 집안에서 태어나 그 당시 대학까지 나왔고 고위 공무원에 국영회사 임원까지 하셨대요.

그런데 인생 말년에 남은 재산 다 아들 사업에 밀어 넣고 빈털터리 되어 궁핍한 살림에 치매 할머니 뒷바라지까지 하게 됐으니 그 할아버지도 참 안되셨어요.

한때는 주위 사람들의 온갖 부러움 다 받으며 사셨다는데, 여유로운 삶에 아들들도 잘 되어 하나는 검사장이고 하나는 잘나가는 사업가였잖아요.

그런 거 보면 인생은 확실히 오르막 내리막이 있는 것 같아요. 국어 선생님이 말씀했듯이. 그래 인생은 마라톤이다, 끝까지 가봐야 안다. 긴 호흡으로 일희일비하지 말아라. 등등의 말씀을 하는가 봐요. 산이 높으면 골도 깊고요.

그리고 아빠가 그러는데요. 요즘 치매 환자가 엄청 많아져 큰 사회 문제가 되고 있대요. 할머니들이 대부분인데 한 많은 삶을 사셔서 그렇대요.

부모에 치이고 남편에 사회 관습 등에 치이며 참고 살다 보니 뇌세포에 이상이 생겨 그렇다는데, 요즘 여자들은 안 그럴 거래요. 한이 있을 수 없으니까. 얼마나 편하게들 살고 있냐고 할머니들과 비교가 되냐고 하는데 내가 봐도 그런 것 같아요.

그 할머니도 참, 한 많은 삶을 사셨대요. 시부모를 모시고 살았는데 시어머니가 아흔 넘어 돌아가셨고 똑똑한 남편 뒷바라지에 할아버지가 많이 까다로우셨는데 부유한 집 장남으로 태어나 승승장구하는 삶을 살다 보니 주변에서 그렇게 만들었다나 봐요. 할머니가 엄청 고생이었다고 아주머니가 그랬대요.

거기에다 아들 둘 온갖 정성 쏟아가며 키워 잘 됐는데, 하나는 암으로 죽고 하나는 사업이 망해 외국으로 가버렸으니 그 마음고생이 또 어떻겠어요.

아빠가 엄마를 통해 들은 그 아줌마 하소연에 보태며 한 이야기인데, 물질적 고생은 없었겠지만 그 할머니 정신적으로는 많이 아팠을 거라 했어요.

아줌마는 더더욱 바빠졌는데 몸도 마음도 눈코 뜰 새 없이 바빴데요. 이 집에는 파출부를 쓰고 친정어머니를 보살펴야 했기에 친정집에 주로 머물렀는데 어느 날 친정아버지가 은밀히 부르더래요.

"애미야, 집안일은 그럭저럭하겠는데 네 어머니 때문에 말이다. 잠잘 때까지 감시해야 하니. 네가 있을 때는 그래도 괜찮은데 너 가고 나면…."

할아버지도 80세를 넘기신 노인이잖아요.

남편이라도 건강했으면 자신이 전적으로 보살펴 드리던가 요양병원에라도 보내 드리던가 할 텐데, 가슴이 무너졌대요.

그때는 요양병원이 흔하지도 않았고 비용도 꽤 비싸던 때래요. 요즘과는 많이 달랐는데요.

그렇다고 빈털터리로 이민 간 남동생에게 말하기도 그렇고 남편 없이 사는 올케에게 손 벌리기도 그렇고 타국에서 자식들과 살기 바쁜 여동생에게 말하기도 그랬대요.

대책 없이 그냥 시간만 흘러 갔는데 친정아버지가 자꾸 식사를 못 하셨대요.

어머니한테 치여서 그런가? 연세도 있는데?

그런 생각에 그저 소화제나 사다 드리고 바늘 침이나 놔드리고 영양제나 사 드리면서 지냈대요. "괜찮아, 편해졌어." 하시기에 그냥.

그런데 계속 그 상태다 보니 걱정이 되어 병원을 찾았는데

"박철희 씨 보호자분 되세요?"

"예, 아버지신데요."

"짐작하셨겠지만 위암입니다. 젊으시다면 수술하는 게 좋을 텐데 나이가 있으시다 보니. 원하시면 해드릴 수는 있습니다."

아줌마는 눈앞이 캄캄했대요. 무언가에 홀린 것 같은 것이 어쩔 줄 모르겠더래요.

아니, 이런 일이. 어떻게 해야 하나? 이럴 때 형제들이 있어야 하는 건데. 남편도 그렇고 엄마도 그런데 아버지마저….

"약은 계속 타다 드리고 수술 문제는 상의해 보세요."

아무 생각도 들지 않았대요. 그저 멍하니 앉아 있다가 나왔대요.

"애미야, 의사가 뭐라고 하던?"

"약 드시면 좋아진대요. 위궤양이래요."

"나도 다 짐작이 간다. 너 혼자 속 끓이지 말고 다 이야기해라. 살 만큼 산 나이고 네 엄마도 그렇고 한 서방도 그런데 너한테 더 부담 주고 싶지 않다."

"아버지, 흐흐흑…. 위암이래요. 수술할 수 있대요. 나이가 있으시지만 정정하시니까. 애들한테 연락할게요. 지금은 의술이 좋아서…."

아줌마 눈물이 그치지를 않았대요. 인생 말년에 가혹한 일들만 이

175

어지는 아버지였대요. 걱정 없이 부족함 없이 사신 분이었는데.

"그럴 필요 없다. 살 만큼 살았는데 더 살겠다고 수술까지 해 여러 사람 귀찮게 할 필요 없다. 너 보기가 민망하구나. 나만이라도 조용히 가려 했는데, 하나님도 무심하시지…."

"아버지, 흐흐흑."

아줌마는 엄마한테 하소연하면서 엄청 우셨대요.

자신의 삶이 힘든 것보다 부모님의 삶이 저리 고생스럽고 초라해진 것이 안타깝고 슬프다면서, 저리 사실 분들이 아닌데, 그 많은 재산 아들 사업에 다 밀어 넣고 빈털터리에 스트레스로 여생이 저렇게 되셨다고. 그러면서 호주 간 남동생 욕을 엄청 했대요. 정도껏 퍼부었어야지 그런 놈이 사업을 한다고 어쩌고 하면서. 그러다가 그 동생도 불쌍하다고 또 우셨대요.

그 아줌마 예전에는요 친정 자랑을 엄청 했대요. 왜 안 그러겠어요? 잘 나가는 검사장 동생에 잘나가는 사업가 동생이 있고 고위 공무원에 국영기업체 고위직까지 지낸 아버지가 있는데요.

거기다 그 아줌마 딸 큰언니하고 동창이라 했잖아요. 학교에서 1~2등을 놓치지 않았는데 지금 변호사래요. 남편은 검사고. 엄마도 그래 별로 좋아하지 않는 작은언니하고 큰이모 자랑을 틈틈이 했대요. 일방적일 수는 없으니까.

어쨌거나 그런데요 그 아줌마 안됐어요. 환갑을 넘긴 나이에 손주들도 있는 할머니인데 말이에요.

"수술해야 하나 어떻게 하나? 해야 할 것 같은데, 하면 건강하시니까 오래 사실 수 있을 것 같은데. 돈도 문제고 돌봐줄 일손도 문제고 동생들은 할 말이 없다고만 하고. 의사는 맛있는 것 자꾸 해드리고 하고 싶은 것 하시게 하는 게 효도일 수 있다고 하는데."

결정하기가 쉽지 않았대요. 엄마한테도 물었다는데 대답 못했대요. 얼버무렸대요.

그런데 할아버지가 워낙 완강하셔서 어쩔 수 없이 포기했대요. 그리고 두 집을 합쳤는데요. 식사하실 수 있을 때까지는 그래도 맛있고 입에 잘 맞는 음식을 해드리고 싶었고 어머니 등쌀에서도 벗어나게 해드리고 싶어 부담된다고 싫다 하시는 할아버지를 억지로 모셔 왔대요.

며느리들과 딸에게도 교대로 집으로 오게 했는데, 어린 애들이 딸려있어 다소 번잡하기는 했으나 그래도 애들이 있어 집 안에 생기가 돌고 웃음꽃도 피면서 이야깃거리가 이어졌대요.

노인들의 삶에 어린애들의 존재감이 매우 크다고, 상상 이상인 것이 이것이 삶의 진리이고 유전자의 힘인 것 같다고 그래서 웃음이 있다고 아줌마가 그랬대요.

그런데 우리 엄마가 있잖아요 근래에 들어 무슨 바람인지, 예전에는 내가 이러저러한 일에 관심갔고 호기심에 물어보면, 공부나 해 뭘 관심이 그리 많아? 하면서 야단치기 바빴는데 아주 많이 바뀌었어요.

아빠한테 무슨 말을 들었는지 먼저 술술 이야기해줘요. 더 물어볼 게 없을 정도로. 요즘은 그래 아빠의 도움이 덜 필요한데요.

딸의 작가 능력을 북돋으려 그러시나? 어찌 됐건 잘된 일이에요. 그렇게 이어졌으면 하는 바람뿐이고.

아줌마는 두 집이 합쳐지면서 어쨌거나 좋았대요. 몸 고달픈 것은 별 차이가 없었으나 떨어져 있을 때의 부모님 걱정이 엄청난 압박이었대요. 그런데 생각지도 않던 문제가 터지면서 큰 소용돌이에 빠지고 말았는데 할머니가 치매 환자였잖아요.

"그렇게 단정하고 예의 바르고 깔끔하던 분이었는데 왜 저리되었는지 믿기지가 않아 도저히."

할머니의 다른 행동들은 힘들지만 그래도 처리하면 끝나는데, 사위한테의 행동은 방법도 없는 것이 그냥 난감하대요. 그러잖아도 혈압으로 풍이 왔고 지금도 혈압을 조심하고 있는데, 사위한테 수시로 다가와 손발을 만지며

"영감 팔이 왜 그래? 어디서 다쳤어요? 층계 다닐 때 조심하라니까. 영감은 왜 그리 내 말을 안 들어?"

"영식아, 차 좀 대라. 밖에 나갈 일이 있어. 너 발 다쳤냐? 조심해야지."

사위가 남편도 되고 아들도 되면서 시도 때도 없이 사위를 곤혹스럽게 하는데요.

"여보, 나 스트레스 엄청 쌓여. 당신 때문에 웬만하면 참으려 하는

데, 쉽지가 않어."

어눌한 말투로 인상을 써가며 아저씨가 그러는데 어쩔 줄 모르겠대요. 너무 불쌍한 것이 지금 찬밥 신세라고 얘기하면서 아줌마 또 우셨대요.

우리 엄마가요. 수시로 밑반찬에 김치 등을 해다 주며 술친구에 말동무를 해주고 있는데, 이런저런 하소연에 한바탕 울음이라도 울고 나면 속이 후련해진다며 좋다 한대요. 엄마는 맞장구치는 것 외에는 달리 해 줄게 없다는데 속으로는 자식들에게 죽기 전에 재산을 줘서는 안 된다는 다짐만 하고 온대요.

이것이 그즈음 아줌마의 일상이었는데요.

환갑을 넘긴 나이에, 힘든 몸에 아픈 다리로 2층을 오르내리며 중풍 남편에 치매 엄마에 암 환자 아버지까지 도와주는 손들이 있지만 모든 것을 돌봐야 하는 하루하루의 고달픈 삶이래요.

"내가 빨리 죽어야 하는데. 어서 죽어야지."

하는 소리 들을 이쪽저쪽에서 들으면서요.

아침에 눈을 뜨면 도로 감고 싶대요. 일어나기도 싫고 무섭고. 그러나 자신의 도움이 없어서는 안 되기에 무거운 몸 추스르며 기도와 함께 일어난대요.

아빠가 그랬어요. "천당과 지옥이 있다는데 천당은 말 그대로 온갖 고통, 괴로움, 슬픔 등이 없는 그야말로 안락과 평안, 기쁨, 즐거움만이 있는 세상이고 지옥은 그 반대 상태일 텐데 가본 경험이 있을 수 없고 그냥 그렇다고 느낄 뿐인데 말이야. 만일 이승에도 있어 느낄 수 있다면 지금 그 아줌마 삶이 지옥 그 자체 일 텐데 천당도 느끼고 가셨으면 좋겠다. 이승에서 안 된다면 저승에서라도 꼭. 그리고 옛 어른들이 맏아들에게 재산 다 주고 의지한 것이 이해가 되는 게 맏이들은 집안에 대해 느끼는 것이 남달라요. 책임감도 강하고."

내가 보기에도 그래요. 우리 집도 큰언니하고 작은언니는 3살 차이인데 달라도 너무 달라요. 외가도 큰외삼촌과 막내 외삼촌이 그렇고.

13

   나는 할머니가 외할머니뿐인데요 친할머니가 일찍 돌아가셨거든요. 거기다 외할머니집이 가까워 자주 오가게 되고 어렸을 때는 할머니 보살핌까지 받다 보니, 엄마가 지금은 쉬지만 일을 했거든요.

   엄마보다 친해요. 비밀스러운 이야기도 많이 하고 사이가 아주 돈독한데요. 그래도 재석이한테는 안 돼요. 외아들인 데다 늦둥이다 보니 어쩔 수 없어요. 그러려니 해요. 어렸을 때는 싫기도 했지만 그래도 언니들보다는 나으니까요.

   "할망구야. 노인정에 나오지 왜 안 나와? 같이 밥이라도 먹지. 어디 갔었어?"

   우리 할머니예요. 말은 좀 거친데 정도 많고 힘도 좋은 그리고 노인정 친구 김 할머니이고요.

   "다리가 안 좋아서 그래."

   "침 맞고 괜찮다 하더니만 또 아파? 움직이지 말아야 하는데…. 그러게 내키지는 않더라도 당분간 아들네 집에 가 있으라니까."

"……그래야지."

할머니가요 엄마에게 자식들 다 필요 없다고 부부가 오순도순 건강하게 오래 사는 게 최고라고 하시며 한 이야기인데요 그 할머니 참 안되셨어요. 어린 내가 보기에도.

자식들 다 잘살고 있고 배울 만큼 배웠다는데 ….

큰언니가 그러는데요. 많이 배웠다는 사람들 효도 안 한대요. 차라리 덜 배운 사람들이 효도하지. 주변 사람들과 비교하면서 덜 받은 것 같은 느낌에 그렇대요.

김 할머니는 젊었을 때 큰 교통사고를 당해 허리, 다리를 크게 다치셨대요. 그래서 그 후유증으로 다리가 안 좋아 고생을 한다는데, 근래에는 나이도 있는 데다 저층 아파트라 엘리베이터가 없어 4층을 오르내리다 보니 다리와 발에 자주 문제가 생긴대요.

그 할머니는 얼마 전까지 이 집에서 할아버지와 풍족하지는 않지만 행복한 노년을 보내고 계셨대요. 몸은 늙었고 지니고 있는 재산은 없었지만 부모로서의 책임을 다한 뿌듯함에 기쁨으로요.

가진 것 없고 배운 것 없어 오로지 튼튼한 몸과 부지런함으로 온갖 고생 이겨내며 4남매 대학교육에 결혼까지, 숨 돌릴 틈 없이 아끼고 애쓰며 자식들에게 공들이며 살아온 한평생이었대요.

자식들은 다 잘 되어 잘살고 있어 그간의 고생을 보상받은 듯 자식들 자랑에 즐겁게 사셨는데요. 큰아들은 공무원이고 둘째는 치과의사에 큰딸은 미국 가 살고 있고 막내딸은 중학교 선생님이래요.

그랬는데 꽤 건강하시던 할아버지가 어느 날 간암 진단을 받았고 수술과 항암치료를 이어오다 돌아가시고 말았대요. 건강하셨는데 손에서 일 놓은 지 얼마 되지도 않아 함께 여행 다니자던 공수표만 남긴 채로요.

병원비에 치료비 등으로 꽤 많은 돈이 들었는데요. 김 할머니는 자식들에게 더이상 손 벌릴 수 없다며 미안한 일이라고 있는 재산 쓰겠다며 집을 전세로 바꾸었대요.

그런 할머니셨대요. 할아버지 돌아가시고 난 뒤에도 많이 우울하고 외로웠는데도 자식들에게 짐 되기 싫다며 전혀 내색도 안 하고 담담한 척했대요.

이따금 노인정에서나

"무심한 영감 같으니라구. 이제 편할 만하니까 나만 혼자 내버려두고…." 하며 푸념하곤 했대요.

주변에서는 모두가 자식과 합쳐야 한다고 성화였다는데

"자식들 잘 키워 다 잘 됐는데, 이제는 들어가 살지 그 몸으로 웬 청승이야?"

"그래요. 다들 잘 산다며. 영감님 계실 때는 그렇다 해도 지금은 혼자신데, 다리도 안 좋으시고."

그런데 사회 풍조가 부모보다는 자식 위주고 남편보다는 아내 발언권이 세진 시대다 보니, 김 할머니네도 예외는 아니었대요.

"아들들이 서로 모시겠다고 야단인데, 다리는 좀 그렇지만 육신 멀

쩡한데 내 편한 대로 살야야지 여태껏 같이 안 살았는데 지금 합쳐
서 뭐…."

하곤 했는데요. 우리 할머니한테만큼은 속내를 다 털어놓았대요.
우리 할머니 동네 짱이잖아요.

예전에 단독주택 살 때에는 통장 일도 했고요. 지금은 아파트 노인
정 회장님이래요. 아빠가 영양제 등을 선물하면서 한몫 거들고는 있
지만 말이에요.

"큰아들네로 가는 것이 당연한 것인데 큰 며느리와는 결혼 초부터
사이가 안 좋았어. 20년이 다 된 지금까지도 서먹서먹한 것이. 아들
도 시큰둥하고 있고. 둘째는 치과의사로 집도 크고 생활 형편도 좋
은데, 병원이고 집이고 다 처가 돈이다 보니 썩 내키지 않아. 아들도
며느리에게 잡혀 살고 처가도 지척이고."

그나마 딸들이 편하고 좋을 것 같은데 큰딸은 미국 가있고 막내딸
이 맞벌이라 살림도 거들 겸 괜찮은데 사위가 외동아들이라 시어머
니를 모시고 살고 있대요.

"사돈끼리 눈치 보며 집 지키고 있을 수는 없잖아. 큰 딸이라도 여
기 있었으면 좋았을 텐데."

자식들 중 제일 고생하며 자란 큰딸이었는데요, 뱃속에서도 그렇
고 자라면서도. 그러나 마음 씀씀이 등 모든 것이 좋아 늘 의지가 되
고 말벗이 되던 큰 딸이었대요.

김 할머니는 그래 큰딸하고 자주 통화하고 있는데, 아들과 며느리

는 가뭄에 콩 나듯하고 막내딸은 직장에 집안일 등으로 바쁜 탓에 그렇대요.

"아, 엄마. 잘 계시죠? 자주 전화 드려야 하는데, 몸은 좀 어떠세요?"

"발을 좀 삐끗했는데 괜찮아."

대충 얼버무렸대요. 걱정할까 봐. 그게 부모 마음이라는데 자식들은 쉽게 알 수 없다네요. 할머니 말씀이에요.

"또 다치셨어요? 병원은요? 애들한테는 연락했어요?"

"괜찮아. 다닐만해. 그리고 연락하면 뭐 하냐? 또 싸움 짓거리나 할걸."

그러니까 작년 겨울이었대요. 몹시도 추웠던 그 날, 할머니는 슈퍼에서 물건 몇 가지를 사가지고 오다 단지네 빙판길에서 그만 넘어지면서, 다리에 큰 골절상을 입었대요. 심하게 넘어진 것은 아니나 노인데 몸인 데다 다리가 약하다 보니 움직일 수가 없었대요.

주변 사람들의 도움을 받아서 자식들에게 어렵게 연락을 했고, 병원에서 보름 정도의 치료를 받고 나왔는데 그때 사단이 난 거래요.

"오빠들, 어머니 모셔야 되는 거 아니야?"

여동생의 곱지 않은 목소리에 큰 오빠가

"그렇긴 한데, 집도 좁고 현우도 고3이고…."

우물쭈물하고 있는데 큰 며느리가

"작은 집은 크기도 하고 방도 많은데 의사시고…."

"우리는 둘째에요 형님. 그리고 병원이고 집이고 다 친정에서…."

"그래서 언니들은 어머니 못 모시겠다 그거예요?"

자식들이 대판 싸움질을 했다는데 부모의 도움을 더 받았다 못 받았지 하면서 아들 딸 며느리들이 한바탕 전쟁을 했대요.

예전부터 느낌은 있었으나 김 할머니는 훗날에야 큰딸과 통화하면서 알게 되었대요.

퇴원하는 그날도 나중에 생각해 보니 분위기가 아주 이상했대요. 큰아들이 자기 집으로 가자고 하는데 막내딸이 갈 필요 없다 하고 큰 며느리는 오지도 않았고, 둘째 며느리는 바쁘다며 봉투만 내민 채 휭하니 가버렸대요.

그러나 평소에도 정다운 사이들이 아니었기에 그러려니 했다는데요. 막내딸과 사위가 자기 집으로 모신다고 해서 방학이기도 해 따라갔대요.

보름 정도 쉬다 왔는데 가시방석 그 자체였대요. 사부인도 있는 데다 보채는 어린 손주들에 집안 살림살이에, 더 쉬다 가시라고 만류하는데도 왔대요. 지지고 볶더라도 내 집이 좋더라고 아들네 집들도 마찬가지일 거라 하면서요.

"다시는 내 일로 싸움짓거리들 하지 마라. 주변 보기 창피하다. 더 있다 힘들면 요양원이라도 갈 테니 너희들에게 짐 되기 싫다."

후에 자식들에게 다짐을 했다는데요.

자신이 잘못 가르쳐 그런 건지, 지니고 있는 재산이 없어 그런 건지, 사회 풍조가 그런 건지 모르겠다며 자주 우셨대요.

명절 때나 할아버지 제사 때 자식 얼굴들 본대요. 못 볼 때도 있고. 이따금 돈 봉투나 보내고 전화 통화하면서 지낸다는데 그러려니 하며 사신대요.

"자식 덕 보자고 한 일인가 부모 도리 한 거지. 내리사랑이잖아."

우리 할머니가 그러는데요. 요즘 자식들 다 그렇대요. 그래 늙어서는 현금이 최고라고 현찰 들고 있어야 한대요. 건강 관리 잘하며 돈 들고 있으면 자식은 물론이고 누구에게나 중심이 되고 대접받는대요 어디에서나.

"곳간에서 인심 나는 거야. 나이 들어서 입은 닫고 지갑은 열라는 말이 괜히 있겠어. 요즘은 곳간이 아파트고 상가지만 말이야. 현금이 계속 돌잖아."

할머니 친구분 중에요. 한 여사라고 있는데 현금 부자래요. 어디서나 돈 잘 쓰는데 늘상 중심이 되고 대접받는대요.

맛난 음식 먹으며 건강관리에 여행도 자주 다니고 이것저것 배우며 노년을 아주 재미나게 사시는데, 할머니 살아생전 크게 부러운 것 없었는데 이분만큼은 부럽대요. 부동산 부자로 아파트와 상가 여러 채 갖고 있대요.

"나도 그렇고 복 없는 김 할멈도 그렇고 돈을 모았어야 했는데, 먹고살고 애들 교육시키기 바쁘다 보니 관심을 못 가졌어. 아파트가 그리 돈 될 줄도 몰랐고. 부동산을 너무 몰랐어. 관심을 가졌어야 했는데."

그러면서 엄마에게 부동산에 신경 좀 쓰라고 돈 없다는 핑계만 하지 말고, 노후에 꼭 필요하다고 하셨대요.

나는 어려서 잘은 모르겠는데 건물주님이 하느님 다음이고 아파트 가격이 십억, 이십 억대 라는 말은 들어 아는데 참으로 이상해요. 느껴지지도 않고 딴 나라 얘기 같은 것이요.

김 할머니 발과 다리는 점점 안 좋아졌대요. 삔 발을 자꾸 쓰다 보니 가뜩이나 안 좋은 다리인 데다가요. 그래 움직이는 것이 귀찮아지고 싫어지면서 하루 두 끼이던 식사도 한 끼로 줄었대요.

"영감이 있을 때는 그래도 하루 세끼씩 꼬박꼬박 차려 먹었는데 그때는 그리도 귀찮고 싫더니만 지금 생각해 보니 그때가 좋았어. 영감한테나 얼른 가야지. 크게 재미난 것도 없고 보람도 없는데 그게 편한데…"

노인정에서 이따금 한숨 속에 속내를 털어놓곤 했다는데

"쓸데없는 소리 말어. 이 악물고 병원 다니고 노인정에도 자주 나와서 같이 밥 먹어."

친구들이 우리 할머니를 포함하여 모두 그랬대요.

우리 할머니가 그러는데요.

여자들이 늙지 않은 나이에 혼자돼서는 홀로도 잘 사는데, 늙어 혼자되면 영감 타령이나 하면서 빨리 가야지 그게 좋아 그런 말만 한대요. 자식들 때문인 것 같대요.

우리 할머니는 엄청 씩씩하게 사셨어요. 집안일에 손주들 뒷바라지에 교회일, 동네일까지 딴생각할 틈이 없었대요.

"이제는 아들네 집에 가 있어야 하는 것 아냐? 날도 추워 오는데 그 발과 다리로 어떡할 거야? 당분간이라도 괜찮아질 때까지 가 있어. 고집부리지 말고 이런저런 생각도 말고 그게 최선이야."

우리 할머니가 보다 못해 그랬대요.

"알았어. 그래야지, 그럴 거야 회장님."

"날 따뜻해지면 건강하게 만나자."

그런데요. 이제 와 생각해 보면 이러저러한 일들로 다소 이해가 되고 느낌도 오는데, 그때만 해도 정말로 몰랐대요. 우리 할머니도 노인정 친구들도 이리될 줄은 상상도 못했대요.

타고난 성격들이 다르고 살아온 환경 등도 다르다 보니 서로 차이는 있는 거지만 그래도 이럴 줄은….

김 할머니는요. 그때 모든 것이 다 부질없고 싫어지고 귀찮아지며, 자기 한목숨인데 하면서 움직이기도 싫고 먹고 싶지도 않아 누워 굶기를 밥 먹듯 하다가요. 아마도 자다 깨기를 반복하며 지쳐가고 체념도 되면서 기억의 혼미 속에 할아버지의 부름도 받고 꿈인지 생시인지 모를 이승과 저승을 오가다가 그냥 하늘나라로 가셨을 거예요. 아무도 모른 채 홀로 외로이.

세상에나….

자식들은 바쁘다는 핑계로 서로 미루며 무관심이었고요. 아파트는 속성상 주민들과의 관계가 그런거니까요.

그 아파트 뒷동에 고3 수험생이 있었는데요. 여러 날 동안 앞 동 그 방이 밤새 불이 꺼지지 않아, 같은 수험생인가 하는 호기심에 자기 엄마한테 이야기를 했는데요. 그 엄마가 그 할머니와 같은 동에 사는 친구에게 묻게 되면서 알려지게 되었대요.

어찌 이런 일이, 자식들도 잘 산다는데….

우리 할머니 엄청 충격 받았어요. 여러 날 동안 병원 치료받았는데 지금도 예전 같지 않으세요. 식구들도 모두 깜짝 놀랐고요. 할머니가 많이 아프신 탓에 더 가슴 졸이며 그랬어요.

"내가 더 신경 썼어야 했는데, 집에도 자주 찾아가 보고 그 말을 믿는 게 아니었는데…."

할머니는 오랫동안 자책하셨는데, 동년배인 데다 노인정 친한 친구고 자신이 직책도 있다 보니 그런 것 같았어요.

우리 할머니는 그 후 아파트를 정리해 큰외삼촌네로 합쳤는데요. 오랫동안 후유증을 앓으셨어요. 지금도 예전 같지 않으신데요. 나이 탓도 있겠지만.

엄마는 괜히 죄인 심정이 되어 미안해했고 아빠는 그 와중에 또 한 건 했는데, 거실 벽에 크게 시 한 편을 써서 붙이셨어요. 오며 가며 가슴에 담으라 하면서요.

14

반갑다 얘들아. 좀 늦었지? 다들 왔니?

어서 와 반갑다. 재숙이는 좀 늦는다 했고 애희는 오늘 못 나온대.

엄마 동창들 모임이에요. 돌아가면서 집에서도 한다는데 오늘은 우리 집이에요. Home party 라나 뭐라나? party는 무슨? 아니다 수다 party 맞네요. 수다들이 엄청나요.

그 연세에 지치지도 않는지 신기할 따름이에요.

그리고 이거 내가 엿들으려 해서 들은 거 아니에요. 아줌마들 목소리가 워낙 커서 자연스럽게 들린 거고 요즘은 엄마가 이런저런 얘기 많이 해준다 했잖아요. 조금만 관심 보이면 끝없이 이어져요.

아줌마들 수다 목소리 그런데 참 엄청나요. 우리 집이 단독주택인 것이 다행이다 했는데, 다른 아줌마네도 한다는 걸 보면 아파트 소음이라는 게 뛰지만 않으면 괜찮은가 봐요. 한 걱정되었거든요. 앞으로 아파트에 살 거라서.

그리고 수다가 말이에요. 여자들에게는 일찍이 공자님도 설파하셨듯 없어서는 안 될 간식거리래요. 삶의 활력소이고 그런데요 당시에

파는 물건들도 많았다면 쇼핑하기도 반드시 추가됐을 거예요. 장담하건대요.

아빠도요 예전에 남자들은 수다도 쇼핑도 참 간단히 끝내는데 여자들은 왜 그리 긴지 모르겠다며 진짜 같이하기 어려운 것들이라고 흥분하면서 한마디 했어요.

나도 동의는 하는데요. 여자들에게는 정말로 흥분되고 시간 가는 줄 모르는 그것들이에요. 서로 정도 깊어지고 돈독해지면서. 허나 모든 이들이 다 그런 거는 아니고 서로 코드가 맞아야지요. 작은언니 같은 이들은 절대 사절이에요.

재숙이는 어머니 때문에?

그래, 어제 집 근처 소형 아파트에 모셨다는데 재숙이 오빠 좀 이상하지 않니? 살만하고 맏아들인데 왜 홀로되신 어머니 안 모시니?

그 오빠가 안 모시려 하겠니? 올케가 그러겠지. 그런데 재숙이 언니가 더 웃겨. 언니더러 올케보고 어머니 모시고 살라고 같이 얘기하자고 했더니, 자기도 시부모 모시기 싫어 함께 안 사는데 어떻게 얘기하냐고 올케도 싫을 거라고 재숙이 보고 네가 얘기하라고 그러더란다.

둘이 친구 사이야?

아니야. 그리고 우리도 남 이야기니까 쉽게 하지. 막상 닥치고 보면 안 그럴걸. 똑같을 거야. 그래 늙어서는 현찰이 최고래. 현찰 많이 들고 있어야 자식들은 물론 누구에게도 대접받는대요. 노후대비 잘들 해 명심하라고.

맞아. 자식들 보험 안 되지. 그런데 왜 자식들 키우면서 그리 집착하고 난리들일까? 일류, 일류 하면서. 내리사랑에 모성애, 보상심리, 대리만족 등등이 뒤엉켜서 그런가?

재숙이네 친정 부자였잖아?

부자였지. 재숙이 아버지가 크게 사업했거든. 그런데 큰 병 얻어 재산 꽤 날리고 후에는 고생 좀 했지. 그래도 재숙이 언니, 오빠들은 고생 안 했어. 재숙이만 막내다 보니 고생 좀 했지.

그러게 풍족하게 키운 자식들은 효도 안 한대요. 눈들만 높아져 불평만 하지. 부족한 듯 자란 자식들이 차라리 효도 한 대요. 재숙이네도 봐 재숙이가 제일 잘하잖아.

애희 소식은 좀 들었니?

전화 안 했나 보구나. 김부장, 회사 그만뒀대. 명태 당했다나 봐. 보험 한대요.

회사에서 잘나간다고 하더니만. 그런데 왜 보험이야, 프랜차이즈 같은 거라도 하지?

그런 거는 돈 많이 들어. 몇억 들걸. 큰 기업체에서 부장까지 했다 해도 집 사고 자식들 교육시키며 먹고살고 봉급쟁이로 얼마나 모았겠니? 그렇다고 애들 아직 공부 중인데 집 담보 같은 것은 큰 모험일 거고.

애희 고생이 많겠다. 곱게만 살았는데. 정애는 그런 걱정 없어 좋겠다. 면허증 갖고 하는 거잖아.

예전 같지 않아 대형이어야지, 동네 수준에서 요즈음은 …. 그런데 참 50대에 생각지도 않다가 직장에서 퇴직당하면 난감하겠다. 한참 돈 들어갈 시기인데. 기술이 있는 것도 아니고 모아 둔 재산이 많은 것도 아닐 텐데. 현주 너는 모아 둔 재산 많아 좋겠다. 그리고 선생님은 중간에 퇴직도 없잖아?

그렇지. 그만두지 않는 한 정년퇴직이지. 그이는 체질이야. 그리고 자기 봉급은 지 혼자 다 쓰는데 뭘? 나를 평생 업고 다녀도 부족해.

갈빗집은 잘 되지?

괜찮아. 경기를 좀 타기는 하는데 그래도 좋아. 오래됐잖아. 소문도 나고, 단골도 꽤 있고.

요즘 골프도 한다며?

그리됐어. 운동도 할 겸 겸사겸사.

회장님 드디어 골프채 드셨네.

저기 재숙이 온다. 짐 정리는 다 끝났니?

정리할 거나 뭐 있나? 노인네 한 몸인데. 엄마 집 가면 괜히 쓸쓸하고, 안 가보면 걱정되고 가자니 그렇고 안 가자니 그렇고. 내가 요즘 그렇다.

늙어서가 문제야. 우리도 머지않았는데 자식들과 함께 산다는 건 말도 안 되는 소리고. 건강관리들 잘해 지금부터라도. 요즘은 아프면 무조건 요양원이나 요양병원이야. 딴 방법이 없어. 죽기 전까지 걸어 다닐 수 있어야 그나마 사는 것 같이 살아.

슬픈 일이야. 어쩔 수 없는 현실이고. 참, 박선미라고 생각나니? 집에서 제과점 하던 애 말이야.

그래 생각난다. 우리 학교 때 그 빵집 자주 갔었잖아. 남편이 은행 다닌다고 했는데.

골프 연습장에서 우연히 만났는데 박선미 대단하더라. 외제 차 몰고 다니고 명품 옷에 명품 가방에 나하고는 비교가 안 돼.

현주 너도 대단한데 비교가 안 된다니, 뭐 해서 그리 돈을 벌었대? 은행 돈 갖다 부동산 투기 거하게 했나? 친척이 실세인가?

시부모 모시고 살았는데 그 집이 대학가 근처 단독주택이었대. 그 집이 복덩어리였어. 대학이 커지면서 주변 상권도 덩달아 커져 그곳이 준상업지역으로 바뀌어 살던 집을 부수고 상가건물을 지었는데, 1층 점포 하나에 보증금 1억에 월세 1,000만 원이란다. 대충 계산해 봐 월세가 얼마나 되나?

보증금 1억에 월세가 1,000만 원이야. 대단하구나.

강남에 있는 대형 아파트에 사는데 입이 안 다물어지더라고. 얼마나 잘 꾸며놨는지. 시부모는 다 돌아가셨고 애들은 미국 가 있대.

남편은 뭐하고? 아직도 은행 다니나?

돈이 지천인데 봉급쟁이 하겠니? 사업한다는데 얼굴 보기 힘든가 보더라. 돈이 쏟아지는데 아내 얼굴 쳐다보고 있겠니? 선미도 돈 쓰는 재미에 산대. 백화점에 같이 갔는데 한 벌에 150만 원인가 하는 수입 속옷을 아주 쉽게 사더라구. 집에 몇 개 더 있대. 모피 코트도 긴 것 짧은 것 해서 몇 벌씩이나 되고. 우리하고는 차원이 다르더라고.

복이 넘쳐흐르네. 나도 일찍이 대학교 근처에 몽땅 털어 집이나 사둘 걸 그랬다.

물질적으로는 넘쳐나는데 행복하지는 않은 것 같더라. 돈이 행복의 척도는 아니잖아. 행복하겠다 했더니, 그래 보이니? 그렇지도 않아. 일종의 발악일 수도 있어 하더라고. 예전에 옹기종기 모여 살 때가 더 좋았어 하는데 꽤 쓸쓸해 보이고.

그 큰 집에 애들도 없고 남편 얼굴 보기도 힘들고. 재미나고 즐거운 것도 얼마 동안이지, 늘 뭐가 그리 좋겠니? 바가지 긁어봤자 의미도 없는 거고. 그냥 돈 쓰면서 과시하는 재미로 살겠지.

그런 거 보면 사람 사는 거 다 거기서 거기야. 이것이 좋으면 저것이, 저것이 괜찮으면 이것이 또. 그런데 나 같으면 아주 보람되고 유용한 곳에 돈 쓰면서 재미나게 살 수 있을 것 같은데, 개같이 벌어서 짐승같이 쓰라는 옛말도 있잖아.

남편도 그러는데 뭐? 그리고 전부터 사회생활 한 것도 아니고 집에서 살림만 하던 여자가 말처럼 쉬운 일도 아니고.

계속 만나기로는 했니?

골프는 종종 하기로 했는데 차이가 나는 삶이다 보니 그렇더라구.

건물주, 건물주 하더니 참 대단하구나. 그런데 우리나라에 그런 건물들이 얼마나 많으냐? 과소비에 사치들 우리가 잘 몰라 그렇지 대단들 하겠다. 또 따라가려고 눈 뻘게져 앞뒤 안 가리고 몸부림치는 사람들 얼마나 많겠냐?

혈압 올라가요. 그만들 해요. 우리와 다른 부류 다른 의식의 사람들이야. 형이하학적이잖아.

그런 부류지만 말이야. 차원이 다른 혈압 올리는 더 놀라운 사람이 있어. 엘리자베스 테일러라고 우리도 이미 알고 있는 세계적 여배우 말이야. 늘 파파라치의 대상이 되고 결혼과 이혼을 밥 먹듯이 하는데도 그것이 또한 세계적 관심의 대상이 되는 특별하고도 드문 여자인데, 대체로 우리네 삶에서 시대를 막론하고 80% 정도는 보통의 평범한 삶을 살고 10% 정도만이 특별한 삶을 산다는데 그 속에서도 상층에 속하는 큰 부러움의 대상이 되는 성공한 여자야. 우리나라에서도 영화에 별 관심 없는 사람들까지 익히 그 이름을 알고 있는 세계적 명성의 사람들과 염문에 친분을 과시하고 있는데 8번째의 결혼으로 또 세계적인 화제를 뿌리고 있는데 말이야. 그런 것이 기삿거리가 될만한 것이냐고 갸우뚱거리는 사람들도 있겠지만 어쨌거나 세계적인 명사들과 많은 결혼과 이혼 염문을 뿌린 그녀가, 이번에는 환갑 나이인 61세에 20살이나 어린 연하의 평범한 남자와 결혼을 한다는 거야. 그런데 더 놀라운 것은 그것이 세계적 뉴스거리가 되어온 곳에 알려지고 그 결혼식 행사비로 우리나라 돈 10억 인가가 쓰였으며 100여 명의 제한된 인사만이 초청되었는데, 그 외의 사람들은 접근도 못 하게 지상과 공중에서 입체적으로 통제했다는 거야. 또 초대받은 사람들이 전직 대통령에 수상 등 이름 있는 정치인들과 세계의 문화, 예술, 체육 등에 관심 있는 사람들이라면 누구나 다 알 만한 그런 사람들이었다는 거야. 정말 대단하지 않니?

어이쿠! 입이 다물어지지 않는다. 무슨 팔자를 타고났길래 그러니? 다른 세상 사람 같다, 나는 이해도 안 되고 느낌도 안 오는 게 진짜 다른 부류의 사람이다.

울화통 나네. 지금 같은 지구상에서 죽지 못해 사는 먹을거리도 없어 끼니도 못 채우고 아파도 병원은커녕 약도 제대로 못 쓰는 사람들이 얼마나 많은 요즈음인데, 교육이란 것도 모르고 옷도 제대로 못 입고 깡마른 몸에 다 쓰러져가는 움막에서 사는 사람들이 말이야.

그래서 종교가 있고 천당과 지옥이 있는 건가 봐. 죽어서라도 이승과 다르게 그 좋은 곳에서 지금처럼 힘들고 눈물겹게 살지 말고 이승의 잘난 그들처럼 아주 편하고 즐겁게 살라고.

머리 좋은 여자보다는 예쁜 여자가 낫고 예쁜 여자보다는 팔자 좋은 여자가 낫다 하던데 그 여자는 다 가진 것 같다. 부럽다. 신은 공평하다고 하던데….

결혼을 여덟 번씩이나 했다는 것은 삶이 평온하지 않았다는 것 아냐? 행복하지 않았다는 거지. 겉으로 보이는 게 다는 아니니까.

엄마 친구들의 수다 이렇게 시간 가는 줄 모르며 끝없이 이어졌는데요. 그때 불현듯 아빠 말이 떠올랐어요. 여자들은 술도 안 마시면서 어찌 그리 오랫동안 수다를 떠는지. 입도 안 마르고 목도 안 아프고 배도 안 고픈가? 참 대단들 하다.

내가 보기에도 그래요 그 나이에들 참….

그리고 옛말에요. 사람 셋 이상 모이면 거기에 반드시 가르침이 있고 스승이 있다 했다는데요. 그 수다 속에도 가슴에 와 닿는 말들이 있었으니 오랜 역사를 지닌 옛말 대단해요. 괜히 생명력이 긴 게 아니었어요.

국어 선생님 얘기가 또 나오는데요. 내가 아주 좋아하는, 유익하고도 좋은 얘기 많이 해주시는 선생님인데요. 어느 날 침 튀기며 해주신 이야기로 형이상학적이라 덧붙여요.

우리네 조상인 호모사피엔스가 지구상에서 군락을 이루며 문명을 이룬 것은 B.C. 8500년경 유프라테스, 티그리스강 유역의 메소포타미아 지방 수메르 문명이고 B.C. 7000년경의 나일강 문명 그리고 B.C. 5000년경의 인더스강 문명, 황하 문명인데요. 공통점은 물이 많고 비옥한 토지가 있는 강가 유역에 세균에 강한 건조기후대 지역인 거래요.

거기에서 인간들이 이어지고 이동하면서 뿌리 내리고 낳고 죽기를 반복하며 수많은 사람들이 대를 이어가고 있는데요.

흘러가고 흘러오는 그 많은 사람들이요. 사는 것 자체는 큰 변화가 없대요. 예전이나 지금이나 가까운 미래도 문명이나 과학의 발달로 인한 삶의 질 차이에 의한 편리함은 있겠지만 인간 뇌의 발달 과정에서 보면 그리 많은 시간이 흐른 것이 아니기 때문이에요.

그런데요. 그 수많은 삶들이 다 나름의 의미가 있고 의무가 있어 그때 그곳에 오게 된 거래요. 거기에 다 의미 있고 의무 있는 삶들이기에, 의미 있고 보람된 삶을 살아야 한대요.

그리고 그런 의미 있는 삶이란 많은 이들에게 도움 되고 도움 주는 이름도 남길 수 있는 삶이어야 하는데, 밤하늘의 별도 크게 빛나는 별이 있고 작게 빛나는 별이 있듯이 선택받은 타고난 이들도 있고 보통의 평범한 이들도 있기에요. 타고난 그대로 그 상태로 그 삶에서 주변 삶에 풍성히 아낌없이 도움 주고 도움 되는 삶이면 되는 거래요.

그냥 오로지 자신만을 위하고, 자기 가족만을 위하며, 자기 소속 집단의 이익만을 위해, 악다구니 쓰고 돈 벌고 권력 부리며 잘난체하는 이웃도 없고 내일도 없는 듯 주변 살피지도 뒤돌아보지도 않는 그런 삶들은 피하고 경멸하면서 말이에요. 좋은 향기 피우면서 살아야 하는 거라고 하셨어요.

멋지죠. 국어 선생님은 정말로 아는 것도 많고 똑똑한데요. 좀 괴짜인 것 같기는 하나 키도 크고 잘생겼고 옷도 멋지게 입는 데다가 더 좋은 것은 작가님이세요.

그런데 얼마 전에 결혼하셨어요. 무엇을 어쩌자는 것은 아니었으나, 한동안 마음이 무척이나 아팠어요. 나만이 아니고 친구들 몇몇이 그랬는데요. 동병상련으로 그저 일기만 열심히 썼어요. 이름은 밝힐 수가 없고요.

작가의 말

무명生活을 오래 한 어느 가수가

자기 노래는 우리고 우린 곰탕 같다고

나이 들어 나오는 글도 자국 자국이

버려지고 깨지고 닦이면서

우러남이

오르고 내리는 인생길

어둠에 밝음

뒤바람에 마파람

얕으면 낮고 깊으면 높고

흐름흐름 골목길

너와 나 우리

쓴맛 단맛 우러남이

꽃피우고 열매 맺어

다양한 향내로

어우러 두둥실

그득 가득 여기저기에.

지식은 말로 가르칠 수 있지만 생활은 말과 글로
가르치는 게 아니라 몸으로 보여주는 거랍니다.
그래 후회와 반성이 늘 계속 되고요.

글 보다는 그림이 영상이 대접받고요. 긴 것 보다는
짧은 것이 우선하는 요즈음 이라는데요.
나름 공과 노력은 엄청 들였는데
인쇄물이 퇴물이 된 이즈음 이라서요.

이천이십일년 봄이고
관악산 한자락에서
片石

그 집 사람들

초판 인쇄 2021년 7월 07일
초판 발행 2021년 7월 15일

지은이   맹 기 영
펴낸이   장 지 섭
본문디자인 김 은 숙
인쇄·제본   (주)금강인쇄
펴낸 곳   도서출판 시인
            등록번호 제384-2010-000001호
            등록일자 2010년 1월 11일
            13992 경기도 안양시 만안구 안양로 320번길 20(안양동) B동 2층
            Tel 031-441-5558   Fax 031-444-1828
            E-mail : siin11@hanmail.net / www.siin.or.kr

정가는 뒷표지에 있습니다.